最新
日語初級讀解

監修　余金龍

開南大學應用日語學系

教材開發研究小組　編

附CD

鴻儒堂出版社發行

◆ 序 言 ◆

　　臺灣與日本僅一水之隔，隨著時代和交通的進步，與日本的距離日趨接近，在各方面往來也隨之更加頻繁。這也是造成臺灣學習日語的熱潮不但一直不退，反而更加高漲的原因。雖然如此，日語學習的環境並不見改善，日語書籍琳瑯滿目，反而使得學習者徬徨而無所適從。並且，有些學習者因不能突破瓶頸，半途而廢，有些則因工作的繁忙不能持續，但學習日語的現象，可說是前仆後繼，年輕的一輩也接踵而來，這是可喜的現象。

　　為回應這些熱情的學習者，不讓學習者對日語的學習有挫折感，熱情減退，望而生畏，降低學習欲望，因此，開南大學應用日語學系之日語教師，組成日語教材研究開發小組，秉持著此種理念開發製作日語相關教學與自學教材。《最新日語初級讀解》即為研發教材之一。

　　一些不合當代之用語隨著時代的變化，漸漸被被遺忘而成為過去，並有逐漸成為死語的傾向。例如「ワープロ」、「テープレコーダー」等等。又如下列的會話場面，在手機非常方便的今天，可以說是幾乎不用。

　　Ａ：すみません。遅刻しました。

　　Ｂ：どうしたんですか。

　　代之而起的是另一種手機對話之會話場面。因此，本教材研究開發小組有鑑於此，儘量篩選用語，謹慎地制作日語教材。《最新日語初級讀解》以嶄新且符合當今時代潮流之文章內容，包括當代日本的都市、交通、文化、飲食等，深入淺出，文章簡潔。如此、不但能使學習者不會因為文章冗長難解，頓生厭倦而有挫折感，並且亦能給予學習者對當代日本的正確認識。《最新日語初級讀解》分為25課，每課有本文、生詞、選擇及問答等初級讀解的基礎必要項目，並配以文

法說明，引導學習者以循序漸進的方式了解文章結構、內容，奠定解讀初級日語文章之扎實根基。

　　為便於學習者學習，本書並錄有CD，望學習者在閱讀課文的同時能配合CD反覆練習聽力及發音，必能更加提高學習效果。

　　本書能夠出版，要特別感謝鴻儒堂出版社的黃成業先生提供了協助，在此一併表示由衷的謝忱。

開南大學應用日語學系教材研究開發小組

召集人　余金龍　謹識

◆ 編 者 簡 介 ◆

監修

余　金龍

　　　　淡江大學日文系畢業

　　　　日本二松學舍大學院文學博士

　　　　育達技術學院應用日語系主任

　　　　開南大學前總務長暨應用日語系創系所主任

　　　　現任：開南大學應用日語學系所教授兼校長秘書

注譯

王　廸

　　　　生於台北。日本國立御茶之水女子大學大學院人間文化研究科博士。

　　　　曾任：日本國立埼玉大學兼任講師

　　　　　　　日本私立法政大學兼任講師

　　　　　　　中華大學外國語文學系助理教授

　　　　現任：開南大學應用日語系所助理教授

◆　教材研究開發小組作者簡介　◆

（依姓氏筆劃順序排列）

王廸　　　日本御茶之水女子大學比較文化學人文科學博士
【專長】日語會話、日語文法、中日比較思想、中日比較文化

杜念慈　　日本一橋大學社會學博士
【專長】教育社會學、生涯學習論、體驗學習活動論、日本現勢

高銘鈴　　日本九州大學文學博士
【專長】日本文學、日語語法、日文翻譯

鄭加禎　　日本廣島大學國際協力研究科學術博士
【專長】跨文化溝通、日語教學

劉冠劭　　日本名古屋大學學術博士
【專長】日語教學、日本政治、外交

謝嫣文　　日本廣島大學學術博士
【專長】日語教學、教育學、教師教育

檜山千秋　　日本名古屋外國語大學日本教育學碩士
　　　　　　西南大學大學院國際文化研究科博士後期課程
【專長】日語文法、日語會話、日語寫作、日本聽力

※　上列編者均為開南大學應用日語學系專任助理教授、專任講師　※

◆ 目 録 ◆

CD1	1	第1課　あいさつ
		文法説明　肯定文、否定文、疑問文
		ワンポイント講座　あいさつ表現
CD2	7	第2課　それは何ですか
		文法説明　指示詞
		ワンポイント講座　「ですか、ですか」
CD3	13	第3課　いくらですか
		文法説明　数字の読み方
		ワンポイント講座　年齢の読み方
CD4	19	第4課　何時から何時までですか
		文法説明　時間の読み方
		ワンポイント講座　「〜分前」、「〜分過ぎ」
CD5	25	第5課　土曜日京都へ行きます
		文法説明　日付の読み方
		ワンポイント講座　「ました」、「でした」
CD6	31	第6課　私の1日
		文法説明　名詞＋で
		ワンポイント講座　「へ」と「で」
CD7	37	第7課　どこへも出かけませんでした
		文法説明　「ました」、「ませんでした」
		ワンポイント講座　「に行きます」、「に来ます」
CD8	43	第8課　鈴木さんの誕生日
		文法説明　授与動詞
		ワンポイント講座　「〜に…を動詞」
CD9	49	第9課　日本の都市
		文法説明　形容詞の「た形」
		ワンポイント講座　名詞と形容詞の並列

CD10	55	第10課　友だちはカラオケが好きです
		文法説明　「好きです」、「嫌いです」、
		「上手です」、「下手です」
		ワンポイント講座　「下手です」、「苦手です」
CD11	61	第11課　私の家は池袋にあります
		文法説明　「います」、「あります」
		ワンポイント講座　位置を示す語句
CD12	67	第12課　私の家は5人家族です
		文法説明　数の読み方
		ワンポイント講座　「1時間です」、「1時間かかります」
CD13	73	第13課　日本の四季
		文法説明　名詞と形容詞の修飾
		ワンポイント講座　「多いです」、「少ないです」
CD14	79	第14課　パソコンを買いたいです
		文法説明　「たいです」、「欲しいです」、
		「て欲しいです」
		ワンポイント講座　「たがっています」、
		「欲しがっています」
CD15	85	第15課　急いでください
		文法説明　動詞の「て形」
		ワンポイント講座　「てください」、「ないでくだい」
CD16	91	第16課　嫌煙運動
		文法説明　「てもいいです」、「てはいけません」
		ワンポイント講座　「ながら」
CD17	97	第17課　病院へ行きました
		文法説明　「全体は　部分が～」
		ワンポイント講座　「から」、「ので」

CD18	103	第18課 ペットを飼ったことがありますか
		文法説明 「～たことがあります」、「～たり、～たりします」
		ワンポイント講座 「なります」
CD19	109	第19課 インターネット時代
		文法説明 「ておきます」「てあります」
		ワンポイント講座 「て見ます」「てしまいます」
CD20	117	第20課 東京の町
		文法説明 動詞の普通体
		ワンポイント講座 形容詞の普通体
CD21	125	第21課 アニメのキャラクター
		文法説明 「～と思います」
		ワンポイント講座 「～という」
CD22	133	第22課 日本のラーメン
		文法説明 受身表現
		ワンポイント講座 「前に」、「後に」
CD23	141	第23課 1年の行事
		文法説明 名詞修飾
		ワンポイント講座 「ころ」、「くらい」
CD24	149	第24課 会席料理をごちそうしてくれました
		文法説明 「～そうです」
		ワンポイント講座 「～ようです」
CD25	157	第25課 バレンタイン・デーとホワイト・デー
		文法説明 仮定表現
		ワンポイント講座 「是非」、「必ず」
	165	課文中譯

（―　空港　―）

佐藤：すみませんが、徐徳明さんですか。

徐　：はい、徐徳明です。台北から　来ました。あなたは　佐藤さん　ですか。

佐藤：はい、東京日本語学園の　佐藤めぐみです。徐さん、よく　いらっしゃいました。

徐　：初めまして、これから　どうぞ　よろしく。

佐藤：こちらこそ、どうぞ　よろしく。

徐　：佐藤さんは　東京日本語学園の　先生ですか。

佐藤：いいえ、私は　先生ではありません。事務員です。

徐　：そうですか。

1

生　詞

① 空港(くうこう)　　　　　　　　　　　飛機場

② すみませんが　　　　　　　　　　　請問；對不起

③ （人名）さん　　　　　　　　　　　〜先生；〜小姐；〜女史

④ いらっしゃいませ　　　　　　　　　歡迎光臨

⑤ （いらっしゃいます）　　　　　　　光臨

⑥ 初(はじ)めまして　　　　　　　　　初次見面

⑦ これからどうぞよろしく　　　　　　以後請多指教

⑧ こちらこそどうぞよろしく　　　　　哪裡、哪裡；請多指教

⑨ 先生(せんせい)　　　　　　　　　　老師；醫生；律師；政治家等等

⑩ 事務員(じむ)　　　　　　　　　　　辦公室員

⑪ 事務室(じむしつ)、事務所(じむしょ)　辦公室

⑫ 私(わたし)　　　　　　　　　　　　我

⑬ あなた　　　　　　　　　　　　　　你

⑭ 彼(かれ)　　　　　　　　　　　　　他

⑮ 彼女(かのじょ)　　　　　　　　　　她

⑯ そうですか　　　　　　　　　　　　是嗎

文 法 說 明

　　中文的「是」相當於日文的「です」。中文是「我是學生」，可是日文是「私は学生です」。中文用「是」、「不是」、「是～嗎」表示肯定、否定、疑問，日語用「です」、「ではありません」、「ですか」。

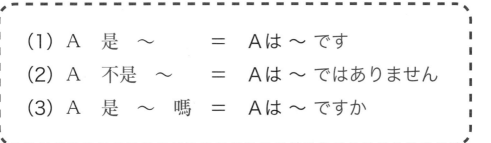

```
(1) A  是  ～       =  Aは～です
(2) A  不是 ～      =  Aは～ではありません
(3) A  是  ～  嗎  =  Aは～ですか
```

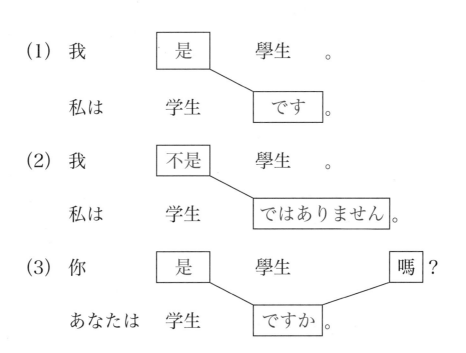

(1)　我　　　　是　　　學生　　　。

　　　私は　　　学生　　　です　。

(2)　我　　　不是　　　學生　　　。

　　　私は　　　学生　　ではありません　。

(3)　你　　　是　　　學生　　　嗎　？

　　　あなたは　学生　　ですか　。

日本語で書きましょう。

王さん	ボブさん	グェンさん	ネールさん	ジャンさん
女性 (じょせい)	男性 (だんせい)	女性 (じょせい)	男性 (だんせい)	男性 (だんせい)
台湾 (たいわん)	アメリカ	ベトナム	インド	フランス
東都銀行 (とうとぎんこう)	東南大学 (とうなんだいがく)	越南商事 (えつなんしょうじ)	東亜大学 (とうあだいがく)	台北光電 (たいぺいこうでん)
銀行員 (ぎんこういん)	先生 (せんせい)	社員 (しゃいん)	学生 (がくせい)	研究者 (けんきゅうしゃ)

例. 王さん・東都銀行・銀行員

 → <u>王さんは東都銀行の銀行員です</u>   。

1. ボブさん・アメリカ人

 → _____。

2. グェンさん・男性

 → _____。

3. ネールさん・東亜大学・学生

 → _____。

4. ジャンさん・越南商事・社員

 → _____。

5. 王さん・ベトナム人

 → _____。

6. ボブさん・東南大学・学生

 → _____。

7. グェンさん・越南商事・社員・?

 → _____。

8．ネールさん・東南大学・先生・?

　　→ ＿＿＿＿＿＿＿＿＿＿＿＿＿＿＿＿＿＿＿＿＿＿＿＿。

9．ジャンさん・台北光電・研究者

　　→ ＿＿＿＿＿＿＿＿＿＿＿＿＿＿＿＿＿＿＿＿＿＿＿＿。

10．王さん・女性

　　→ ＿＿＿＿＿＿＿＿＿＿＿＿＿＿＿＿＿＿＿＿＿＿＿＿。

日本語で答えましょう。

1．徐さんは台湾人ですか。

　　→ ＿＿＿＿＿＿＿＿＿＿＿＿＿＿＿＿＿＿＿＿＿＿＿＿。

2．徐さんは台湾から来ましたか。

　　→ ＿＿＿＿＿＿＿＿＿＿＿＿＿＿＿＿＿＿＿＿＿＿＿＿。

3．佐藤さんの学校は東京日本語学院ですか。

　　→ ＿＿＿＿＿＿＿＿＿＿＿＿＿＿＿＿＿＿＿＿＿＿＿＿。

4．佐藤さんの名前は佐藤めぐみですか。

　　→ ＿＿＿＿＿＿＿＿＿＿＿＿＿＿＿＿＿＿＿＿＿＿＿＿。

5．佐藤さんは先生ですか。

　　→ ＿＿＿＿＿＿＿＿＿＿＿＿＿＿＿＿＿＿＿＿＿＿＿＿。

ワンポイント講座1

一般的なあいさつ

你好／您好	こんにちは
早上好／您早	おはようございます
(晚上的問候語)	こんばんは
再見	さようなら
對不起	すみません
謝謝	ありがとうございます

練習しましょう

①_____。　　②_____。

③_____。　　④_____。

⑤_____。　　⑥_____。

張　：劉さん、それは　何ですか。

劉　：これは　雑誌です。コンピューターの　雑誌です。

張　：誰の　雑誌ですか。

劉　：私の　です。

張　：台湾の　雑誌ですか。

劉　：はい、そうです。

張　：その　カメラは　あなたの　ですか。

劉　：はい、私のです。これは　日本製の　デジカメです。

張　：それは　携帯電話ですか、iPodですか。

劉　：これは　iPodではありません。携帯電話です。台湾の　携帯電話です。張さんの　デジカメは　日本の　ですか。

張　：いいえ、これは　台湾の　デジカメです。でも、私の　ではありません。関さんのです。

生　詞

①	これ	這(個)(離說話者近的)
②	それ	那(個)(離聽話者近的)
③	あれ	那(個)(離說話者與聽話者都遠的)
④	何	什麼
⑤	雑誌（ざっし）	雜誌
⑥	コンピューター	電腦(Computer)
⑦	パソコン	個人電腦(Personal Computer)
⑧	誰（だれ）	誰
⑨	そうです	對(相當於英語的"Yes")
⑩	カメラ	照相機(Camera)
⑪	デジカメ	數位照相機(Digital Camera)
⑫	携帯電話（けいたいでんわ）	手機
⑬	iPod	

補　充　生　詞

①	本（ほん）	書
②	辞書（じしょ）	辭典
③	教科書（きょうかしょ）	課本
④	新聞（しんぶん）	日報
⑤	ニュース	新聞
⑥	ペン	鋼筆
⑦	テレビ	電視

文 法 說 明

中文的指示詞只有「這」跟「那」，可是日語有「これ」，「それ」跟「あれ」。不知道時，用「どれ」。表示場所時，這些變成「ここ」，「そこ」，「あそこ」。修飾名詞時，這些變成「この」，「その」，「あの」。

靠近說話者	→ これ	ここ	この
靠近聽話者	→ それ	そこ	その
離兩者遠	→ あれ	あそこ	あの
不知道時	→ どれ	どこ	どの

これ　は　わたしの　本です。　○

これ本　は　わたしの　です。　×

この本　は　わたしの　です。　○

私の本　は　どれ　ですか。　○

どれ　は　私の本　ですか。　×

どれ　が　私の本　ですか。　○

注 意！

日語的指示詞還有「こっち」，「そっち」，「あっち」跟「どっち」。這些對朋友可以用。也有如下的說法，「どっちもどっち」，這是兩個都不好的意思。

日本語で書きましょう。

① → ＿＿＿＿＿＿＿＿＿。　② → ＿＿＿＿＿＿＿＿＿。

③ → ＿＿＿＿＿＿＿＿＿。　④ → ＿＿＿＿＿＿＿＿＿。

⑤ → ＿＿＿＿＿＿＿＿＿。　⑥ → ＿＿＿＿＿＿＿＿＿。

⑦ → ＿＿＿＿＿＿＿＿＿。　⑧ → ＿＿＿＿＿＿＿＿＿。

⑨ → ＿＿＿＿＿＿＿＿＿。　⑩ → ＿＿＿＿＿＿＿＿＿。

⑪ → ＿＿＿＿＿＿＿＿＿。　⑫ → ＿＿＿＿＿＿＿＿＿。

日本語で答えましょう。

1．劉さんの雑誌は何の雑誌ですか。

　　→ ＿＿＿＿＿＿＿＿＿＿＿＿＿＿＿＿＿＿＿＿＿＿＿＿＿＿＿＿＿＿＿＿＿＿＿＿。

2．それは誰の雑誌ですか。

　　→ ＿＿＿＿＿＿＿＿＿＿＿＿＿＿＿＿＿＿＿＿＿＿＿＿＿＿＿＿＿＿＿＿＿＿＿＿。

3．どこの雑誌ですか。

　　→ ＿＿＿＿＿＿＿＿＿＿＿＿＿＿＿＿＿＿＿＿＿＿＿＿＿＿＿＿＿＿＿＿＿＿＿＿。

4．カメラは誰のものですか。

　　→ ＿＿＿＿＿＿＿＿＿＿＿＿＿＿＿＿＿＿＿＿＿＿＿＿＿＿＿＿＿＿＿＿＿＿＿＿。

5．どこのカメラですか。

　　→ ＿＿＿＿＿＿＿＿＿＿＿＿＿＿＿＿＿＿＿＿＿＿＿＿＿＿＿＿＿＿＿＿＿＿＿＿。

6．どんなカメラですか。

　　→ ＿＿＿＿＿＿＿＿＿＿＿＿＿＿＿＿＿＿＿＿＿＿＿＿＿＿＿＿＿＿＿＿＿＿＿＿。

7．劉さんの携帯電話はどこのものですか。

　　→ ＿＿＿＿＿＿＿＿＿＿＿＿＿＿＿＿＿＿＿＿＿＿＿＿＿＿＿＿＿＿＿＿＿＿＿＿。

8．張さんのカメラはどこのカメラですか。

　　→ ＿＿＿＿＿＿＿＿＿＿＿＿＿＿＿＿＿＿＿＿＿＿＿＿＿＿＿＿＿＿＿＿＿＿＿＿。

9．それは張さんのですか。

　　→ ＿＿＿＿＿＿＿＿＿＿＿＿＿＿＿＿＿＿＿＿＿＿＿＿＿＿＿＿＿＿＿＿＿＿＿＿。

10．それは誰のカメラですか。

　　→ ＿＿＿＿＿＿＿＿＿＿＿＿＿＿＿＿＿＿＿＿＿＿＿＿＿＿＿＿＿＿＿＿＿＿＿＿。

ワンポイント講座2

　　中文的「名詞Ａ　　還是　　名詞Ｂ？」相當於日語的「名詞Ａです か、名詞Ｂですか」。在日語裡「ですか」使用兩次。

　　これは　本　　　　　ですか、辞書　　　　ですか。

　　それは　林さんの　ですか、李さんの　ですか。

練習しましょう

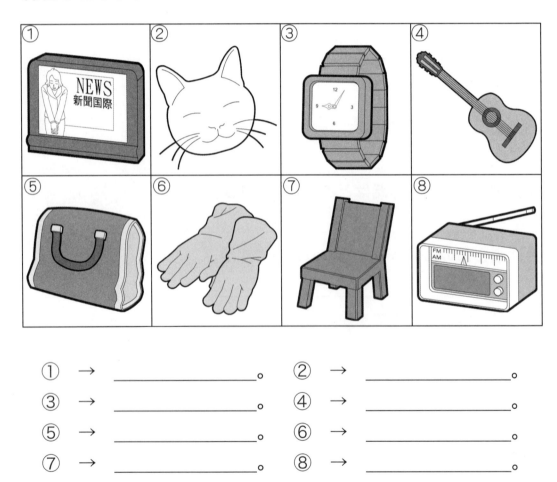

① → ＿＿＿＿＿＿＿＿＿＿＿。　② → ＿＿＿＿＿＿＿＿＿＿＿。

③ → ＿＿＿＿＿＿＿＿＿＿＿。　④ → ＿＿＿＿＿＿＿＿＿＿＿。

⑤ → ＿＿＿＿＿＿＿＿＿＿＿。　⑥ → ＿＿＿＿＿＿＿＿＿＿＿。

⑦ → ＿＿＿＿＿＿＿＿＿＿＿。　⑧ → ＿＿＿＿＿＿＿＿＿＿＿。

陳 ：すみませんが、パソコン　売り場は　どこ　ですか。

受付：パソコン　売り場は　7階でございます。エレベーターは　右手の　奥でございます。

陳 ：どうも。

店員：いらっしゃいませ。

陳 ：この　パソコンは　いくらですか。

店員：はい、168,000円です。

陳 ：じゃあ、この　ソフトは　いくらですか。

店員：それは　9,800円です。

陳 ：じゃあ、この　DVDプレーヤーと　MP3は　いくらですか。

店員：DVDプレーヤーは　33,000円です。MP3は　12,600円です。MP3は　1GBです。こちらの　MP4は　18,300円です。

陳 ：じゃあ、このソフトと　パソコンを　ください。カードですけど、いいですか。それとも、現金ですか。

店員：はい、カードでも　いいです。

陳 ：それじゃあ、このカードで。

店員：ありがとうございます。

生 詞

①	～売り場	～賣場
②	～階	～樓
③	エレベーター	電梯
④	右手	右邊(禮貌話)
⑤	左手	左邊(禮貌話)
⑥	奥	後面
⑦	じゃあ	那麼
⑧	では	那麼(比較禮貌)
⑨	ソフト	軟體
⑩	ＤＶＤプレーヤー	DVD Player
⑪	ＭＰ３	
⑫	ＭＰ４	
⑬	ＧＢ	
⑭	ＭＢ	
⑮	現金	現金

補 充 生 詞

①	ＣＤ	光碟
②	ＣＤプレーヤー	CD Player
③	インターネット	網路(Internet)
④	E-Mail	電子郵件
⑤	ファイル	檔案(File)
⑥	ＵＲＬ	網站
⑦	メール・アドレス	電子信箱(Mail address)「メール・アドレス」也可省略成「メルアド」。

文 法 說 明

　　多少金額用「いくらですか」，數量的時候，用「いくつですか」。回答時，金額用「円」，數量用「個」等等。「円」以外，發音有少許不同。「８個」，有時候發音「はちこ」。10以上的話，在發音上沒有什麼變化。例如：「11」讀成「じゅういち」。

いち 1	いちえん 1円	いっこ 1個	に 2	にえん 2円	にこ 2個
さん 3	さんえん 3円	さんこ 3個	よん 4	よえん 4円	よんこ 4個
ご 5	ごえん 5円	ごこ 5個	ろく 6	ろくえん 6円	ろっこ 6個
なな 7	ななえん 7円	ななこ 7個	はち 8	はちえん 8円	はっこ 8個
きゅう 9	きゅうえん 9円	きゅうこ 9個	じゅう 10	じゅうえん 10円	じゅっこ 10個

ひらがなで書きましょう。

① 11,111円　→＿＿＿＿＿＿＿＿＿＿＿＿＿＿＿＿＿。

② 22,222円　→＿＿＿＿＿＿＿＿＿＿＿＿＿＿＿＿＿。

③ 33,333円　→＿＿＿＿＿＿＿＿＿＿＿＿＿＿＿＿＿。

④ 44,444円　→＿＿＿＿＿＿＿＿＿＿＿＿＿＿＿＿＿。

⑤ 55,555円　→＿＿＿＿＿＿＿＿＿＿＿＿＿＿＿＿＿。

⑥ 66,666円　→＿＿＿＿＿＿＿＿＿＿＿＿＿＿＿＿＿。

⑦ 77,777円　→＿＿＿＿＿＿＿＿＿＿＿＿＿＿＿＿＿。

⑧ 88,888円　→＿＿＿＿＿＿＿＿＿＿＿＿＿＿＿＿＿。

⑨ 99,999円　→＿＿＿＿＿＿＿＿＿＿＿＿＿＿＿＿＿。

⑩ 1,000,000円　→＿＿＿＿＿＿＿＿＿＿＿＿＿＿＿＿。

日本語で答えましょう。

1．パソコン売り場はどこですか。

→ _____。

2．エレベーターはどこですか。

→ _____。

3．パソコンはいくらですか。

→ _____。

4．ソフトはいくらですか。

→ _____。

5．ＤＶＤプレーヤーはいくらですか。

→ _____。

6．ＭＰ３はいくらですか。

→ _____。

7．ＭＰ３は何ＧＢですか。

→ _____。

8．ＭＰ４はいくらですか。

→ _____。

9．現金ですか。

→ _____。

10．全部でいくらですか。

→ _____。

どちらですか？

1. パソコン売り場は（ⓐどこ　ⓑどれ）ですか。

2. パソコンは（ⓐ一台　ⓑ一個）168,000円です。

3. リンゴ（ⓐ一台　ⓑ一個）100円です。

4. ＤＶＤ（ⓐが　ⓑを）ください。

5. 全部（ⓐは　ⓑで）5,000円です。

6. カード（ⓐでも　ⓑにも）いいですか。

7. ＭＰ３（ⓐは　ⓑが）いくらですか。

8. パソコン（ⓐと　ⓑに）ソフト。

9. カードですか、（ⓐそれにも　ⓑそれとも）現金ですか。

10. ７階（ⓐに　ⓑは）パソコン売り場です。

正しいですか？

1. パソコン売り場は７階です。　　　　　　（　　　）

2. エレベーターは左手の奥です。　　　　　（　　　）

3. ＣＤプレーヤーは33,000円です。　　　　（　　　）

4. ＭＰ３は１ＧＢです。　　　　　　　　　（　　　）

5. 現金でもいいです。　　　　　　　　　　（　　　）

6. ＤＶＤプレーヤーは３万円です。　　　　（　　　）

7. ＭＰ４は２ＧＢです。　　　　　　　　　（　　　）

8. ＭＰ３は12,600円です。　　　　　　　　（　　　）

9. ソフトは8,800円です。　　　　　　　　（　　　）

10. パソコンは168,000円です。　　　　　　（　　　）

ワンポイント講座3

　　表示年齡的「歲」，數字的讀法有點變化。10以上讀法沒有變化。例如；「11」念「じゅういち」。中文的「一百」、「一千」，日文是「百」、「千」。但中文的「一萬」，日文是「一万」。

いっ さい 1歳	に さい 2歳	さんさい 3歳	よんさい 4歳	ご さい 5歳
ろくさい 6歳	ななさい 7歳	はっさい 8歳	きゅうさい 9歳	じゅっさい １０歳

ひらがなで書いてください。

① 21歳　　→＿＿＿＿＿＿＿＿＿＿＿＿＿＿＿＿＿＿＿＿。

② 35歳　　→＿＿＿＿＿＿＿＿＿＿＿＿＿＿＿＿＿＿＿＿。

③ 18歳　　→＿＿＿＿＿＿＿＿＿＿＿＿＿＿＿＿＿＿＿＿。

④ 100歳　→＿＿＿＿＿＿＿＿＿＿＿＿＿＿＿＿＿＿＿＿。

⑤ 66歳　　→＿＿＿＿＿＿＿＿＿＿＿＿＿＿＿＿＿＿＿＿。

⑥ 47個　　→＿＿＿＿＿＿＿＿＿＿＿＿＿＿＿＿＿＿＿＿。

⑦ 20個　　→＿＿＿＿＿＿＿＿＿＿＿＿＿＿＿＿＿＿＿＿。

⑧ 96個　　→＿＿＿＿＿＿＿＿＿＿＿＿＿＿＿＿＿＿＿＿。

⑨ 100個　→＿＿＿＿＿＿＿＿＿＿＿＿＿＿＿＿＿＿＿＿。

⑩ 83個　　→＿＿＿＿＿＿＿＿＿＿＿＿＿＿＿＿＿＿＿＿。

林　：川島さん、日本の　デパートは　何時から　何時ま
　　　で　ですか。

川島：朝　10時から　夜　8時まで　です。

林　：台湾の　デパートは　朝　11時から　です。じゃ
　　　あ、銀行は。

川島：銀行は　9時から　3時まで　です。土曜日と　日曜
　　　日は　休みです。

林　：デパートも　休みですか。

川島：いいえ、デパートの　休みは　火曜日か　水曜日で
　　　す。

林　：学校は　どうですか。

川島：学校は　月曜日から　金曜日まで　です。土曜日と
　　　日曜日は　休み　です。でも、おとといは　休みで
　　　した。あしたも　休みです。

林　：どうして　ですか。

川島：おとといは　祭日でした。あしたは　開校記念日で
　　　すから。

林　：そうですか。

生　詞

① デパート		百貨公司
② ～から…まで		從～到…
③ 朝^{あさ}		早上
④ 昼^{ひる}		白天
⑤ 夜^{よる}		晚上
⑥ 夜中^{よなか}		夜裡
⑦ 銀行^{ぎんこう}		銀行
⑧ 休^{やす}み		休息
⑨ 学校^{がっこう}		學校
⑩ おととい		前天
⑪ あさって		後天
⑫ あした		明天
⑬ きのう		昨天
⑭ 今日^{きょう}		今天
⑮ どうしてですか		為什麼；怎麼
⑯ 祭日^{さいじつ}		節日
⑰ 開校記念日^{かいこうきねんび}		建校紀念日
⑱ そうですか		是嗎

文　法　説　明

時間的念法如下。「30分」的時候，「半（はん）」也可以。

いちじ いっぷん　　　　にじ にふん　　　　さんじ さんぷん
１時１分　　　　２時２分　　　　３時３分

よじ よんぷん　　　　ごじ ごふん　　　　ろくじ ろっぷん
４時４分　　　　５時５分　　　　６時６分

しちじ ななふん　　　　はちじ はっぷん　　　　くじ きゅうふん
７時７分　　　　８時８分　　　　９時９分

じゅうじ じゅっぷん　　　　じゅういちじ じゅういっぷん
１０時１０分　　　　１１時１１分

じゅうにじ じゅうにふん
１２時１２分

日本語で書きましょう。

1. ３時15分　　→ _____。

2. 11時23分　　→ _____。

3. ６時30分　　→ _____。

4. ２時４分　　→ _____。

5. ５時47分　　→ _____。

6. ８時51分　　→ _____。

7. 12時18分　　→ _____。

8. ７時７分　　→ _____。

9. 10時36分　　→ _____。

10. ４時半　　→ _____。

日本語で答えましょう。

1. 日本のデパートは何時から何時までですか。

   →_____。

2. 台湾のデパートは何時からですか。

   →_____。

3. 日本の銀行は何時までですか。

   →_____。

4. 銀行は何曜日休みですか。

   →_____。

5. 日曜日、デパートは休みですか。

   →_____。

6. デパートは何曜日休みですか。

   →_____。

7. 学校は何曜日から何曜日までですか。

   →_____。

8. 学校はおととい休みでしたか。

   →_____。

9. おとといはどんな日でしたか。

   →_____。

10. どうして、学校はあした休みですか。

    →_____。

どちらですか？

1. デパートは火曜日（ⓐと　ⓑか）水曜日休みです。

2. デパート（ⓐの　ⓑは）休みはあしたです。

3. 台湾（ⓐの　ⓑは）学校は日曜日休みです。

4. 学校は（ⓐどう　ⓑ何）ですか。

5. あした（ⓐは　ⓑも）、きのうも休みです。

6. 銀行は3時（ⓐから　ⓑまで）です。

7. 学校は土曜日と日曜日休み（ⓐです　ⓑでした）。

8. あしたは休み（ⓐです　ⓑでした）。

9. おとといは休み（ⓐです　ⓑでした）。

10. どうして（ⓐあした　ⓑあしたは）休みですか。

正しいですか？

1. 銀行は3時半までです。　　　　　　　（　　　）

2. 台湾のデパートは11時からです。　　（　　　）

3. 学校は金曜日までです。　　　　　　　（　　　）

4. 銀行は2時からです。　　　　　　　　（　　　）

5. 日本の学校は3時までです。　　　　　（　　　）

6. 台湾のデパートは日曜日休みです。　　（　　　）

7. 日本のデパートは8時までです。　　　（　　　）

8. あしたは土曜日です。　　　　　　　　（　　　）

9. あしたは開校記念日です。　　　　　　（　　　）

10. きのうは休みでした。　　　　　　　　（　　　）

ワンポイント講座4

「差五分十點」日語是「10時5分前（じゅうじ ごふんまえ）」。「十點過五分」日語是「10時5分過ぎ（じゅうじ ごふんす）」。「10時5分（じゅうじ ごふん）」也可以。

～ 時 … 分前	→	差 … ～ 點
～ 時 … 分過ぎ	→	～ 點 過 …

練習しましょう。

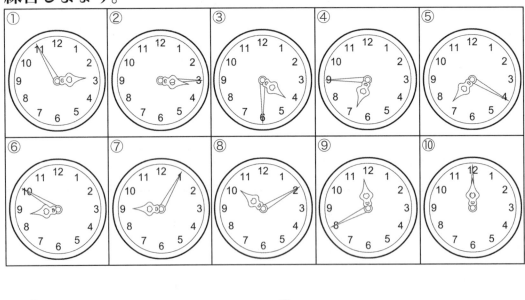

① → ＿＿＿＿＿＿＿＿＿＿＿。　② → ＿＿＿＿＿＿＿＿＿＿＿。

③ → ＿＿＿＿＿＿＿＿＿＿＿。　④ → ＿＿＿＿＿＿＿＿＿＿＿。

⑤ → ＿＿＿＿＿＿＿＿＿＿＿。　⑥ → ＿＿＿＿＿＿＿＿＿＿＿。

⑦ → ＿＿＿＿＿＿＿＿＿＿＿。　⑧ → ＿＿＿＿＿＿＿＿＿＿＿。

⑨ → ＿＿＿＿＿＿＿＿＿＿＿。　⑩ → ＿＿＿＿＿＿＿＿＿＿＿。

先生：来週　どこへ　行きますか。

謝　：土曜日に　先ず京都へ　行きます。それから、急行で　神戸へ　行きます。

先生：誰と　行きますか。

謝　：友だちと　いっしょに　行きます。

先生：何で　行きますか。

謝　：新幹線で　行きます。朝　7時の　新幹線です。私は　土曜日の　朝　5時に　起きます。

先生：いつ　帰りますか。

謝　：月曜日の　朝　帰ります。朝　9時の　新幹線です。

先生：いいですね。でも、ちょっと　大変ですね。

謝　：はい。先生の　お土産を　買います。

先生：ありがとう。

謝　：いえ、いえ。

生　詞

①	来週	下星期
②	先ず	首先
③	～へ行きます	去～
④	京都	京都
⑤	神戸	神戸
⑥	何で	用什麼／坐什麼
⑦	新幹線	高鐵
⑧	急行	快車
⑨	友だち	朋友
⑩	（人）といっしょに	跟（人）一起
⑪	いっしょに	一起
⑫	～へ帰ります	回到～
⑬	大変です	辛苦
⑭	お土産	土産品
⑮	～を買います	買～

注　意！

　　表示方向用「へ」，可是現在很多人用「に」。
「へ」跟「に」比起來，「へ」比較老的用法　。但是，修
飾可以用「への」，不可以用「にの」。例如：

　　○　あなたへの手紙。

　　×　あなたにの手紙。

文法説明

　　日語的日子有特別的讀法。尤其是從1日到10日如下。也可用於表示期間。

<table>
<tr><td>ついたち
1日</td><td>ふつか
2日</td><td>みっか
3日</td><td>よっか
4日</td></tr>
<tr><td>いつか
5日</td><td>むいか
6日</td><td>なのか
7日</td><td>ようか
8日</td></tr>
<tr><td>ここのか
9日</td><td>とおか
10日</td><td>じゅうよっか
14日</td><td></td></tr>
<tr><td>はつか
20日</td><td>にじゅうよっか
24日</td><td>かん
〜間</td><td></td></tr>
</table>

日本語で書きましょう。

① 6日　→ ＿＿＿＿＿＿。　② 14日　→ ＿＿＿＿＿＿。

③ 1日　→ ＿＿＿＿＿＿。　④ 24日　→ ＿＿＿＿＿＿。

⑤ 8日　→ ＿＿＿＿＿＿。　⑥ 10日　→ ＿＿＿＿＿＿。

⑦ 3日　→ ＿＿＿＿＿＿。　⑧ 24日　→ ＿＿＿＿＿＿。

⑨ 2日　→ ＿＿＿＿＿＿。　⑩ 4日　→ ＿＿＿＿＿＿。

⑪ 7日　→ ＿＿＿＿＿＿。　⑫ 間　→ ＿＿＿＿＿＿。

日本語で答えましょう。

1. 謝さんは来週どこへ行きますか。

   → ＿＿＿＿＿＿＿＿＿＿＿＿＿＿＿＿＿＿＿＿＿＿＿＿＿＿＿＿。

2. 何で行きますか。

   → ＿＿＿＿＿＿＿＿＿＿＿＿＿＿＿＿＿＿＿＿＿＿＿＿＿＿＿＿。

3. 何時の新幹線ですか。

   → ＿＿＿＿＿＿＿＿＿＿＿＿＿＿＿＿＿＿＿＿＿＿＿＿＿＿＿＿。

4. 土曜日の朝、謝さんは何時に起きますか。

   → ＿＿＿＿＿＿＿＿＿＿＿＿＿＿＿＿＿＿＿＿＿＿＿＿＿＿＿＿。

5. 誰と行きますか。

   → ＿＿＿＿＿＿＿＿＿＿＿＿＿＿＿＿＿＿＿＿＿＿＿＿＿＿＿＿。

6. 何で神戸へ行きますか。

   → ＿＿＿＿＿＿＿＿＿＿＿＿＿＿＿＿＿＿＿＿＿＿＿＿＿＿＿＿。

7. いつ帰りますか。

   → ＿＿＿＿＿＿＿＿＿＿＿＿＿＿＿＿＿＿＿＿＿＿＿＿＿＿＿＿。

8. 何時の新幹線で帰りますか。

   → ＿＿＿＿＿＿＿＿＿＿＿＿＿＿＿＿＿＿＿＿＿＿＿＿＿＿＿＿。

9. 謝さんは先生に何を買いますか。

   → ＿＿＿＿＿＿＿＿＿＿＿＿＿＿＿＿＿＿＿＿＿＿＿＿＿＿＿＿。

10. 謝さんは何日間行きますか。

   → ＿＿＿＿＿＿＿＿＿＿＿＿＿＿＿＿＿＿＿＿＿＿＿＿＿＿＿＿。

どちらですか？

1. 謝さんは来週（ⓐ京都　ⓑ大阪）へ行きます。
2. 謝さんは先ず（ⓐ京都　ⓑ神戸）へ行きます。
3. 謝さんは（ⓐ急行　ⓑ新幹線）で神戸へ行きます。
4. 友だち（ⓐと　ⓑに）行きます。
5. 朝（ⓐ7時の　ⓑ7時に）新幹線で行きます。
6. 朝（ⓐ5時に　ⓑ5時で）起きます。
7. 謝さんは（ⓐいつ　ⓑいつに）帰りますか。
8. 朝（ⓐ何時の　ⓑいつの）新幹線ですか。
9. 先生（ⓐは　ⓑも）旅行しません。
10. 謝さんはおみやげ（ⓐに　ⓑを）買います。

正しいですか？

1. 謝さんは今週京都へ行きます。　　　　（　　　）
2. 朝5時の新幹線で行きます。　　　　　（　　　）
3. 先ず京都へ行きます。　　　　　　　　（　　　）
4. それから、新幹線で神戸へ行きます。　（　　　）
5. 謝さんは家族といっしょに行きます。　（　　　）
6. 神戸から帰ります。　　　　　　　　　（　　　）
7. 朝9時の新幹線で帰ります。　　　　　（　　　）
8. 先生はいっしょに行きません。　　　　（　　　）
9. 謝さんの旅行はちょっと大変です。　　（　　　）
10. 先生におみやげを買いません。　　　　（　　　）

ワンポイント講座5

　　表示過去時，把動詞「ます」變成「ました」，把助動詞「です」變成「でした」。

　　　　ます　→　ました
　　　　です　→　でした

練習しましょう

　　例．先週・京都・行きます　→　<u>先週京都へ行きました</u>　　　　。

　　1．今週・横浜・帰ります　→　＿＿＿＿＿＿＿＿＿＿＿＿＿。

　　2．来週・ここ・来ます　→　＿＿＿＿＿＿＿＿＿＿＿＿＿。

　　3．先週・学校・休みます　→　＿＿＿＿＿＿＿＿＿＿＿＿＿。

　　4．明日・会社・働きます　→　＿＿＿＿＿＿＿＿＿＿＿＿＿。

　　5．今日・日本語・勉強します　→　＿＿＿＿＿＿＿＿＿＿＿。

　　6．昨日・12時・寝ます　→　＿＿＿＿＿＿＿＿＿＿＿＿＿。

　　7．今日・7時・起きます　→　＿＿＿＿＿＿＿＿＿＿＿＿＿。

　　8．昨日・夜9時・働きます　→　＿＿＿＿＿＿＿＿＿＿＿。

　　9．今日・5時・終わります　→　＿＿＿＿＿＿＿＿＿＿＿。

　　10.先月・飛行機・行きます　→　＿＿＿＿＿＿＿＿＿＿＿。

第六課　私の一日

　　今日は　月曜日です。私は　毎日　8時半に　学校へ
行きます。学校は　月曜日から　金曜日まで　です。家か
ら　学校まで　バスで　行きました。9時から　日本語を
勉強します。先生は　日本人　です。私たちは　ひらがな
を　勉強しました。それから、かたかなを　書きました。

　　お昼に　学校で　ご飯を　食べました。お茶を　飲みま
した。次の　勉強は　午後　1時10分から　です。先生は
台湾人です。私たちは　英語の　本を　読みました。

　　学校は　5時まで　です。私は　6時に　家へ　帰りま
した。7時に　家族と　いっしょに　晩ご飯を　食べまし
た。それから、テレビを　見ました。10時から　部屋で
宿題を　しました。夜12時に　寝ました。明日は　朝7時
に　起きます。

生　詞

①	毎日	每天
②	バス	巴士；公車
③	〜へ行きます	去〜
④	〜へ帰ります	回到〜
⑤	〜を勉強します	學習〜
⑥	〜を書きます	寫〜
⑦	ひらがな	平假名
⑧	かたかな	片假名
⑨	日本語	日語
⑩	英語	英語
⑪	〜を食べます	吃〜
⑫	〜を飲みます	喝〜
⑬	〜を読みます	閱讀〜
⑭	〜を見ます	看〜
⑮	寝ます	睡覺
⑯	起きます	起床
⑰	お茶	茶
⑱	晩ご飯	晚飯
⑲	宿題	作業
⑳	宿題をします	做作業

文 法 說 明

「で」的前面是什麼樣的名詞很重要。

小的東西	工具	→	用～
大的東西	手段	→	坐～，用～
事態名詞	原因	→	因為～
場所名詞	活動場所	→	在～
語言名詞	使用語言	→	用～語說

日本語を入れてください。

1. これは（　　　　　　）で何と言いますか。

2. （　　　　　　）でアメリカへ行きます。

3. 台北から高雄まで（　　　　　）で1時間半です。

4. 台湾から日本まで（　　　　　）で3時間です。

5. 日本人は（　　　　　）でご飯を食べます。

6. 日曜日（　　　　　）で映画を見ます。

7. （　　　　　）で手紙を書きます。

8. 毎日（　　　　）で会社へ行きます。

9. （　　　　　）で新聞を読みます。

10. （　　　　　）で家へ帰ります。

日本語で答えましょう。

1. 学校は何時からですか。

 → ＿＿＿＿＿＿＿＿＿＿＿＿＿＿＿＿＿＿＿＿＿＿＿＿＿＿＿＿＿＿。

2. 私は何で学校へ行きますか。

 → ＿＿＿＿＿＿＿＿＿＿＿＿＿＿＿＿＿＿＿＿＿＿＿＿＿＿＿＿＿＿。

3. 私は9時から何を勉強しますか。

 → ＿＿＿＿＿＿＿＿＿＿＿＿＿＿＿＿＿＿＿＿＿＿＿＿＿＿＿＿＿＿。

4. 英語の先生は何人ですか。

 → ＿＿＿＿＿＿＿＿＿＿＿＿＿＿＿＿＿＿＿＿＿＿＿＿＿＿＿＿＿＿。

5. 私はどこで昼ご飯を食べましたか。

 → ＿＿＿＿＿＿＿＿＿＿＿＿＿＿＿＿＿＿＿＿＿＿＿＿＿＿＿＿＿＿。

6. 私は何を飲みましたか。

 → ＿＿＿＿＿＿＿＿＿＿＿＿＿＿＿＿＿＿＿＿＿＿＿＿＿＿＿＿＿＿。

7. 私は何時に家へ帰りましたか。

 → ＿＿＿＿＿＿＿＿＿＿＿＿＿＿＿＿＿＿＿＿＿＿＿＿＿＿＿＿＿＿。

8. 私は誰といっしょに晩ご飯を食べましたか。

 → ＿＿＿＿＿＿＿＿＿＿＿＿＿＿＿＿＿＿＿＿＿＿＿＿＿＿＿＿＿＿。

9. 私は10時から何をしましたか。

 → ＿＿＿＿＿＿＿＿＿＿＿＿＿＿＿＿＿＿＿＿＿＿＿＿＿＿＿＿＿＿。

10. 私は何時に寝ましたか。

 → ＿＿＿＿＿＿＿＿＿＿＿＿＿＿＿＿＿＿＿＿＿＿＿＿＿＿＿＿＿＿。

どちらですか？

1. 今日（ⓐは　ⓑも）月曜日です。

2. 学校は金曜日（ⓐから　ⓑまで）です。

3. 学校（ⓐから　ⓑまで）バスで行きました。

4. ９時から日本語（ⓐに　ⓑを）勉強します。

5. 学校で（ⓐひらがな　ⓑかたかな）を書きました。

6. （ⓐ茶　ⓑお茶）を飲みました。

7. 英語の先生は（ⓐ台湾人　ⓑ日本人）です。

8. 私たちは英語の（ⓐ書　ⓑ本）を読みました。

9. ６時（ⓐに　ⓑで）家へ帰りました。

10. 家族（ⓐと　ⓑに）晩ご飯を食べました。

正しいですか？

1. 私は毎日８時に学校へ行きます。　　　（　　　）

2. 英語の勉強は９時からです。　　　　　（　　　）

3. 日本語の先生は日本人です。　　　　　（　　　）

4. 友だちと昼ご飯を食べました。　　　　（　　　）

5. 私たちは学校でお茶を飲みました。　　（　　　）

6. 学校は４時までです。　　　　　　　　（　　　）

7. 私は友だちと帰りました。　　　　　　（　　　）

8. ６時にテレビを見ました。　　　　　　（　　　）

9. １０時から宿題をしました。　　　　　（　　　）

10. 夜１２時に寝ました。　　　　　　　　（　　　）

ワンポイント講座6

　　動作有「移動」跟「活動」。表示「移動」的時候，用「へ」。
表示「活動」的時候，用「で」。

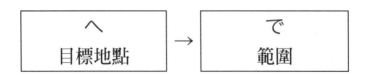

練習しましょう

　　例. バス・新宿・行きます　→　<u>バスで新宿へ行きます</u>。

　　1. 外・たばこ・吸います　→　_____。

　　2. 部屋・お茶・飲みます　→　_____。

　　3. 自動車・ここ・来ます　→　_____。

　　4. 家・新聞・読みます　→　_____。

　　5. 公園・写真・撮ります　→　_____。

　　6. 飛行機・国・帰ります　→　_____。

　　7. スーパー・野菜・買います　→　_____。

　　8. 駅・友だち・会います　→　_____。

　　9. 池袋・映画・見ます　→　_____。

　　10. 学校・テニス・します　→　_____。

今日は　日曜日です。でも、朝から　ずっと　雨です。私は　どこへも　出かけませんでした。家で　テレビを　見ました。それから、弟と　パソコンゲームを　しました。12時に　昼ご飯を　食べました。友だちに　電話を　かけました。友だちは　家に　いませんでした。デパートに　買い物に　行きました。

お昼過ぎ、両親や弟と　DVDを　見ました。でも、姉は　見ませんでした。部屋で　英語を　勉強しました。姉は　高校の　英語の　先生です。私は　ときどき　姉に　英語を　習います。

夕方、テレビの　ニュース番組を　見ました。7時ごろ　みんなで　晩ご飯を　食べました。それから、私は　部屋で　本を　読みました。そして、インターネットを　しました。友だちに　メールを　送りました。

雨の日は　本当に　つまらないです。

生　詞

① 雨 あめ	雨；下雨	
雨が降ります あめ　　ふ	下雨	
② います	在(用於人、動物、鳥、蟲等)	
③ 出かけます[動Ⅱ] で	出去；出門	
④ パソコンゲーム	電腦遊戲	
パソコンゲームをします	打電腦遊戲	
⑤ 電話 でん　わ	電話	
（人）に電話をかけます でん　わ	給(人)打電話	
（人）に電話をします でん　わ	給(人)打電話	
⑥ お昼過ぎ ひる　す	過了中午	
⑦ 高校 こうこう	高中學校	
⑧ ＤＶＤ	ＤＶＤ	
⑨ ニュース	新聞	
⑩ 番組 ばんぐみ	節目	
⑪ インターネット	網路	
インターネットをします	上網路	
⑫ 習います[動Ⅰ] なら	學習	
（人）に～を習います なら	跟(人)學習	
⑬ ～を送ります[動Ⅰ] おく	送	
（人）に～を送ります おく	把～送給(人)	
⑭ つまらない[い形]	沒有意思的；無聊的	

文 法 説 明

　　表示過去時用動詞的「ました形」。否定形是「ませんでし
た」。

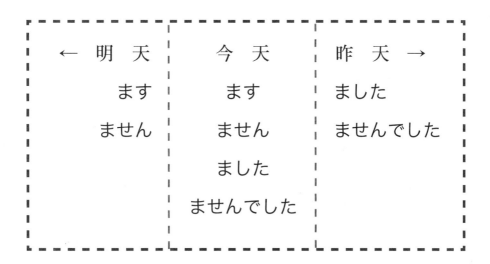

← 明 天	今 天	昨 天 →
ます	ます	ました
ません	ません	ませんでした
	ました	
	ませんでした	

日本語で書きましょう。

例. 昨日・野菜を買います　→　<u>昨日、野菜を買いました</u>。

1. 昨日・お酒・飲みます　→　＿＿＿＿＿＿＿＿＿＿＿＿＿＿。

2. 明日・出かけません　→　＿＿＿＿＿＿＿＿＿＿＿＿＿＿。

3. あさって・働きます　→　＿＿＿＿＿＿＿＿＿＿＿＿＿＿。

4. 今朝・何も食べません　→　＿＿＿＿＿＿＿＿＿＿＿＿＿。

5. 昨日・休みます　→　＿＿＿＿＿＿＿＿＿＿＿＿＿＿＿＿。

6. おととい・電話をかけません　→　＿＿＿＿＿＿＿＿＿＿。

7. 今日の昼・勉強します　→　＿＿＿＿＿＿＿＿＿＿＿＿＿。

8. 昨日・テレビを見ます　→　＿＿＿＿＿＿＿＿＿＿＿＿＿。

9. 明日・新聞を読みません　→　＿＿＿＿＿＿＿＿＿＿＿＿。

10. おととい・かばんを買いません　→　＿＿＿＿＿＿＿＿＿。

日本語で答えましょう。

1. 昨日は何曜日でしたか。

    → _____。

2. 今日、私はどこへ行きましたか。

    → _____。

3. 朝、私は家で何をしましたか。

    → _____。

4. 私は弟と何をしましたか。

    → _____。

5. 友だちは家にいましたか。

    → _____。

6. 友だちはどこへ行きましたか。

    → _____。

7. 姉はＤＶＤを見ましたか。

    → _____。

8. 夕方、何時ごろご飯を食べましたか。

    → _____。

9. ご飯の後、私は部屋で何をしましたか。

    → _____。

10. 雨の日はどうですか。

    → _____。

どちらですか？

1. 朝から（ⓐいつも　ⓑずっと）雨です。
2. 私はどこへも（ⓐでかけました　ⓑでかけませんでした）。
3. 弟（ⓐと　ⓑに）ゲームをしました。
4. 友だち（ⓐと　ⓑに）電話をかけました。
5. みんな（ⓐで　ⓑに）ＤＶＤを見ました。
6. 部屋で英語（ⓐの　ⓑを）勉強しました。
7. 姉は高校の英語（ⓐの　ⓑを）先生です。
8. 私は姉（ⓐと　ⓑに）英語を習います。
9. みんな（ⓐは　ⓑで）晩ご飯を食べました。
10. 友だちにメール（ⓐを　ⓑが）送りました。

正しいですか？

1. おとといは金曜日です。　　　　　　　（　　　）
2. 家でずっとテレビを見ました。　　　　（　　　）
3. 弟は家にいました。　　　　　　　　　（　　　）
4. 友だちも家にいました。　　　　　　　（　　　）
5. お昼過ぎ、１人で映画を見ました。　　（　　　）
6. 姉は１人で英語を勉強しました。　　　（　　　）
7. 夕方、ニュースを見ました。　　　　　（　　　）
8. 弟は外へ行きました。　　　　　　　　（　　　）
9. 友だちにインターネットをしました。　（　　　）
10. 今日私はずっと家にいました。　　　　（　　　）

ワンポイント講座7

　「〜に行きます」跟「〜に来ます」相當於中文的「去＋動詞」「來＋動詞」。動詞接「〜に行きます」跟「〜に来ます」時，把動詞的「ます」去掉。

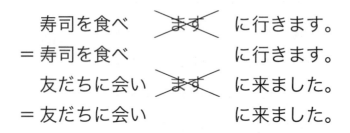

寿司を食べ　~~ます~~　に行きます。
＝寿司を食べ　　　　に行きます。
友だちに会い　~~ます~~　に来ました。
＝友だちに会い　　　　に来ました。

練習しましょう

　例．英語・教えます・行きます　→　<u>英語を教えに行きます</u>　。

　1．カメラ・買います・来ました　→　_____。

　2．写真・撮ります・行きます　→　_____。

　3．コンサート・聞きます・行きます　→　_____。

　4．サッカー・見ます・来ました　→　_____。

　5．本・借ります・行きます　→　_____。

　6．英語・習います・行きます　→　_____。

　7．会社・働きます・行きます　→　_____。

　8．お金・もらいます・来ました　→　_____。

　9．ビール・飲みます・行きます　→　_____。

　10．テニス・します・行きます　→　_____。

　　昨日は　鈴木さんの　誕生日でした。友だちが　たくさん　来ました。誕生日に　私たちは　鈴木さんに　「誕生日、おめでとう」と　言いました。そして、プレゼントを　送りました。私は　音楽の　CDを　あげました。スマップの　CDです。山田さんは　ペンを　あげました。パーカーの　ボールペンです。田中さんは　映画の　チケットを　あげました。とても　面白い　映画です。アメリカの　映画です。鈴木さんは　お父さんに　腕時計を　もらいました。

　　鈴木さんは　私たちに　テレホンカードを　くれました。鈴木さんの　写真入りです。50回の　カードです。私たちは　みんなで　ケーキを　食べました。そして、歌を　歌いました。それから、おいしい　料理を　食べました。寿司や　天ぷらです。みんなで　ゲームも　しました。とても　楽しかったです。

　　そして、夜　10時ごろに　帰りました。

生　詞

①	誕生日 <small>たんじょう び</small>	生日
②	おめでとう	恭喜
③	～と　言います[動Ⅰ] <small>い</small>	說
④	～を　あげます[動Ⅱ]	給(我給他人、他人給別人時使用)
⑤	～を　もらいます[動Ⅰ]	接受、得到(他人給我時使用)
⑥	～を　くれます[動Ⅱ]	給(他人給我、或給我方的親朋等)
⑦	スマップ	ＳＭＡＰ(日本的樂團)
⑧	映画 <small>えい が</small>	電影
⑨	チケット	票
⑩	腕時計 <small>うで と けい</small>	手錶
⑪	パーカー	派克
⑫	面白い <small>おもしろ</small>	有意思的
⑬	カード	卡片
⑭	写真入り <small>しゃしん い</small>	附上照片
⑮	ケーキ	蛋糕
⑯	寿司 <small>す し</small>	壽司
⑰	天ぷら <small>てん</small>	天婦羅；炸的東西
⑱	歌 <small>うた</small>	歌
	歌を歌います <small>うた　うた</small>	唱歌
⑲	楽しい <small>たの</small>	快樂的
⑳	～ごろ	左右(用於時間。也可以用「ころ」)
	～ぐらい	左右(用於重量。也可以用「くらい」)

文 法 説 明

接受動詞「あげます」、「もらいます」、「くれます」，比中文的接受動詞複雑一點。

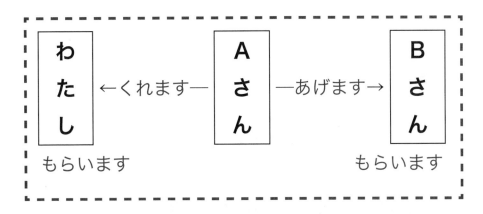

A先生為主語時

　Aさんは　わたしに　本を　くれます。(A先生給我書。)

　Aさんは　Bさんに　本を　あげます。(A先生給B先生書。)

A先生以外為主語時

　Bさんは　Aさんに　本を　もらいます。(B先生得到A先生的書。)

　わたしは　Aさんに　本を　もらいます。(我得到A先生的書。)

日本語で書きましょう。

　例．A→B　AさんはBにあげます＿＿＿＿＿＿＿＿＿＿＿。

　1．私→B　私は＿＿＿＿＿＿＿＿＿＿＿＿＿＿＿＿＿＿。

　2．B→私　Bさんは＿＿＿＿＿＿＿＿＿＿＿＿＿＿＿＿。

　3．A→B　Bさんは＿＿＿＿＿＿＿＿＿＿＿＿＿＿＿＿。

　4．B→A　Bさんは＿＿＿＿＿＿＿＿＿＿＿＿＿＿＿＿。

　5．A→私　私は＿＿＿＿＿＿＿＿＿＿＿＿＿＿＿＿＿＿。

　6．A→B　Bさんは＿＿＿＿＿＿＿＿＿＿＿＿＿＿＿＿。

日本語で答えましょう。

1. 鈴木さんの誕生日はいつですか。

   → _____。

2. 私は鈴木さんに何をあげましたか。

   → _____。

3. 鈴木さんのお父さんは鈴木さんに何をあげましたか。

   → _____。

4. 鈴木さんは田中さんに何をもらいましたか。

   → _____。

5. 鈴木さんは山田さんに何をもらいましたか。

   → _____。

6. みんなは鈴木さんに何をもらいました。

   → _____。

7. みんなで何をしましたか。

   → _____。

8. みんなはどんな料理を食べましたか。

   → _____。

9. 料理はどうでしたか。

   → _____。

10. みんなは何時ごろに帰りましたか。

    → _____。

どちらですか？

1. 私たちは鈴木さんにプレゼント（ⓐから　ⓑを）あげました。
2. 鈴木さんは映画（ⓐの　ⓑに）チケットをもらいました。
3. 誕生日に、友だち（ⓐが　ⓑに）たくさん来ました。
4. 田中さんはチケットを（ⓐあげ　ⓑもらい）ました。
5. 私はＣＤを（ⓐあげ　ⓑもらい）ました。
6. 鈴木さんはカードを（ⓐあげ　ⓑもらい）ました。
7. 鈴木さん（ⓐは　ⓑに）ペンをあげました。
8. 寿司（ⓐに　ⓑと）天ぷらを食べました。
9. 「おめでとう」（ⓐと　ⓑを）言いました。
10. みんな（ⓐで　ⓑも）ゲームをしました。

正しいですか？

1. 今日は鈴木さんの誕生日です。 　　　　　　　　（　　　）
2. 鈴木さんは田中さんにペンをもらいました。 　　（　　　）
3. 山田さんは鈴木さんにチケットをあげました。 　（　　　）
4. 鈴木さんはアメリカ映画のチケットをもらいました。（　　　）
5. 私たちは天ぷらを食べました。 　　　　　　　　（　　　）
6. お父さんは腕時計をあげました。 　　　　　　　（　　　）
7. 鈴木さんはカードをもらいました。 　　　　　　（　　　）
8. 私たちはケーキを食べました。 　　　　　　　　（　　　）
9. みんなで歌を歌いました。 　　　　　　　　　　（　　　）
10. みんなは１１時ごろに帰りました。 　　　　　　（　　　）

ワンポイント講座8

　　有兩個目的動詞，用「に」與「を」。「に」用於人（團體），「を」用於東西。

人（團體）に　東西を　動詞

練習しましょう

下から動詞を選んで文を作ってください。

　　例．友だち・ペン　→　<u>私は友だちにペンを上げます</u>　。

　　1．父・時計　→　<u>私は</u>　　　　　　　　　　　　　　　。

　　2．弟・本　→　<u>私は</u>　　　　　　　　　　　　　　　。

　　3．友だち・手紙　→　<u>私は</u>　　　　　　　　　　　　　。

　　4．妹・ケーキ　→　<u>私は</u>　　　　　　　　　　　　　。

　　5．友だち・お金　→　<u>私は</u>　　　　　　　　　　　　。

　　6．王先生・日本語　→　<u>彼は</u>　　　　　　　　　　　　。

　　7．彼・借金　→　<u>私は</u>　　　　　　　　　　　　　　。

　　8．友だち・E-mail　→　<u>私は</u>　　　　　　　　　　　　。

　　9．図書館・DVD　→　<u>私は</u>　　　　　　　　　　　　。

　　10．母・プレゼント　→　<u>父は</u>　　　　　　　　　　　。

習（なら）います　　あげます　　送（おく）ります　　くれます　　もらいます
贈（おく）ります　　書（か）きます　　貸（か）します　　借（か）ります　　返（かし）します

48

　東京は　大きな　街です。とても　にぎやかです。高い
ビルが　たくさん　あります。人が　とても　多いです。
東京タワーと　国会議事堂が　あります。お台場も　有名
です。でも、ディズニー・ランドと　成田空港は　東京で
は　ありません。千葉県です。

　横浜は　港街です。外国人が　多いです。外国の　も
のも　多いです。山下公園と　横浜マリンタワーが　あり
ます。大きな　中華街も　あります。中華料理が　有名で
す。とても　おもしろい　街です。

　京都は　静かな　街です。そして　とても　有名な
街です。古いお寺が　たくさん　あります。山も　ありま
す。日本料理が　おいしいです。春には　桜が　きれいで
す。

　大阪は　とても　にぎやかな　街です。大阪城と　通天
閣が　あります。日本で　初めて　万国博覧会が　ありま
した。いろいろな　食べ物が　おいしいです。たこ焼きと
お好み焼きが　有名です。

生 詞

① にぎやか[な形]　　　　　熱鬧的

② 高い[い形]　　　　　　　高的；貴的

③ ビル　　　　　　　　　　大廈

④ あります　　　　　　　　在；有

⑤ 東京タワー　　　　　　　東京鐵塔

⑥ 国会議事堂　　　　　　　國會議事堂

⑦ 有名[な形]　　　　　　　有名的

⑧ ディズニー・ランド　　　迪士尼樂園

⑨ 成田空港　　　　　　　　成田機場

⑩ 港町　　　　　　　　　　港都

⑪ 中華街　　　　　　　　　中華街

⑫ おもしろい[い形]　　　　有意思的

⑬ 静か[な形]　　　　　　　安靜的

⑭ 古い[い形]　　　　　　　舊的；古老的

⑮ お寺　　　　　　　　　　寺院

⑯ 桜　　　　　　　　　　　櫻花

⑰ きれい[な形]　　　　　　漂亮；好看

⑱ 初めて[副]　　　　　　　初次

⑲ 万国博覧会　　　　　　　萬國博覽會

⑳ たこ焼き　　　　　　　　章魚燒

㉑ お好み焼き　　　　　　　煎菜餅；大阪燒

文 法 說 明

表示過去的時候用「た形」。禮貌體的「た形」如下。

```
い形容詞　いです　　　→　　　かったです
な形容詞　です　　　　→　　　でした
```

日本語で書きましょう。

下から選んでください。

例. 今日　　　→　今日は寒かったです　　　　　　　　　　　　。

1. 彼　　　　→　＿＿＿＿＿＿＿＿＿＿＿＿＿＿＿＿＿＿＿＿。
2. ここ　　　→　＿＿＿＿＿＿＿＿＿＿＿＿＿＿＿＿＿＿＿＿。
3. 東京　　　→　＿＿＿＿＿＿＿＿＿＿＿＿＿＿＿＿＿＿＿＿。
4. あそこ　　→　＿＿＿＿＿＿＿＿＿＿＿＿＿＿＿＿＿＿＿＿。
5. 昨日　　　→　＿＿＿＿＿＿＿＿＿＿＿＿＿＿＿＿＿＿＿＿。
6. あのビル　→　＿＿＿＿＿＿＿＿＿＿＿＿＿＿＿＿＿＿＿＿。
7. 先週　　　→　＿＿＿＿＿＿＿＿＿＿＿＿＿＿＿＿＿＿＿＿。
8. テスト　　→　＿＿＿＿＿＿＿＿＿＿＿＿＿＿＿＿＿＿＿＿。
9. 桜は　　　→　＿＿＿＿＿＿＿＿＿＿＿＿＿＿＿＿＿＿＿＿。
10. 横浜　　　→　＿＿＿＿＿＿＿＿＿＿＿＿＿＿＿＿＿＿＿＿。

寒い　　きれい　　古い　　暇　　大きい　　有名
暑い　　難しい　　にぎやか　　たのしい　　静か

日本語で答えましょう。

1．東京はどんな町ですか。

　　→ ＿＿＿＿＿＿＿＿＿＿＿＿＿＿＿＿＿＿＿＿＿＿＿＿＿。

2．東京で有名なところはどこですか。

　　→ ＿＿＿＿＿＿＿＿＿＿＿＿＿＿＿＿＿＿＿＿＿＿＿＿＿。

3．ディズニーランドはどこですか。

　　→ ＿＿＿＿＿＿＿＿＿＿＿＿＿＿＿＿＿＿＿＿＿＿＿＿＿。

4．横浜はどんなところですか。

　　→ ＿＿＿＿＿＿＿＿＿＿＿＿＿＿＿＿＿＿＿＿＿＿＿＿＿。

5．横浜の有名なところはどこですか。

　　→ ＿＿＿＿＿＿＿＿＿＿＿＿＿＿＿＿＿＿＿＿＿＿＿＿＿。

6．京都はどんな町ですか。

　　→ ＿＿＿＿＿＿＿＿＿＿＿＿＿＿＿＿＿＿＿＿＿＿＿＿＿。

7．京都にはどんなものがありますか。

　　→ ＿＿＿＿＿＿＿＿＿＿＿＿＿＿＿＿＿＿＿＿＿＿＿＿＿。

8．大阪はどんなところですか。

　　→ ＿＿＿＿＿＿＿＿＿＿＿＿＿＿＿＿＿＿＿＿＿＿＿＿＿。

9．大阪でどんなことがありましたか。

　　→ ＿＿＿＿＿＿＿＿＿＿＿＿＿＿＿＿＿＿＿＿＿＿＿＿＿。

10．大阪の食べ物で何が有名ですか。

　　→ ＿＿＿＿＿＿＿＿＿＿＿＿＿＿＿＿＿＿＿＿＿＿＿＿＿。

どちらですか？

1. 東京は（ⓐ大きい　ⓑ大きく）です。

2. 成田空港は（ⓐ千葉県　ⓑ東京）です。

3. 横浜は港町（ⓐで　ⓑと）、にぎやかです。

4. 京都（ⓐは　ⓑが）日本料理が有名です。

5. 大阪は（ⓐ静か　ⓑにぎやか）です。

6. ディズニーランドは東京（ⓐです　ⓑではありません）。

7. 春（ⓐには　ⓑでは）桜がきれいです。

8. 京都はお寺（ⓐが　ⓑは）多いです。

9. 横浜（ⓐの　ⓑは）中華街は有名です。

10. 大阪（ⓐの　ⓑは）たこ焼きが有名です。

正しいですか？

1. 東京には高いビルがたくさんあります。　　　（　　　）

2. 成田空港は東京にあります。　　　（　　　）

3. 横浜には外国のものが少ないです。　　　（　　　）

4. 京都の日本料理はおいしいです。　　　（　　　）

5. 大阪には通天閣があります。　　　（　　　）

6. 東京のたこ焼きは有名です。　　　（　　　）

7. 京都で万国博覧会がありました。　　　（　　　）

8. 大阪のお好み焼きはおいしいです。　　　（　　　）

9. 横浜には中華街があります。　　　（　　　）

10. 大阪は静かな所です。　　　（　　　）

ワンポイント講座9

　　列舉名詞的時候，一般使用「と」。可是，表示主語有兩個身分時等等，用「で」。這是「です」的「て形」。列舉形容詞的時候，把前面的形容詞變成「て形」就可以。

彼は会社員です。学生です。　→　彼は会社員　で、学生です。○

彼は会社員　と　学生です。×

安いです。おいしいです。　→　安くて　おいしいです。

静かです。便利です。　→　静かで　便利です。

練習しましょう

例. ここ・新しい・きれい　→　<u>ここは新しくてきれいです</u>。

1. 彼・ハンサム・すてき　→　_____。

2. これ・冷たい・おいしい　→　_____。

3. 彼女・親切・きれい　→　_____。

4. ここ・港町・たのしい　→　_____。

5. 東京・にぎやか・便利　→　_____。

6. それ・安い・いい　→　_____。

7. 今日・忙しい・たいへん　→　_____。

8. 猫・小さい・かわいい　→　_____。

9. 彼・元気・おもしろい　→　_____。

10. 私・会社員・エンジニア　→　_____。

私は　歌が　好きです。よく　駅前の　カラオケ店に行きます。いつも　友だちと　いっしょに　歌を　歌います。友だちは　マイクさんと　李さんです。2人も　カラオケが　好きです。

マイクさんは　アメリカ人ですが、漢字が　分かります。そして、日本語の　歌が　上手です。李さんは　台湾人です。台湾の　歌が　好きです。私は　料理が　下手ですが、李さんは　台湾料理が　とても　上手です。ビーフンと　台湾風野菜炒めが　得意です。李さんは　日本料理も　上手です。私は　ときどき　李さんに　台湾料理を習います。マイクさんは　料理が　苦手です。朝は　いつも　家で　サンドイッチを　食べます。お昼は　レストランで　食事します。マイクさんは　台湾料理が　好きです。日本料理も　好きです。刺身も　食べます。でも、マイクさんは　わさびが　嫌いです。私は　台湾料理も　日本料理も　好きです。でも、臭豆腐と　香菜が　好きではありません。

生　詞

① カラオケ　　　　　　　　　　　　　KTV

② 好き[な形]　　　　　　　　　　　　喜歡
　　私は旅行が好きです。　　　　　　我喜歡旅行。

③ 嫌い[な形]　　　　　　　　　　　　不喜歡；討厭
　　彼は勉強が嫌いです。　　　　　　他討厭學習。

④ 分かります[動Ⅰ]　　　　　　　　　能理解；懂
　　彼は英語が分かります。　　　　　他能理解英語。

⑤ 上手[な形]　　　　　　　　　　　　很棒；很會
　　李さんはスキーが上手です。　　　李先生滑雪很棒。

⑥ 下手[な形]　　　　　　　　　　　　笨拙
　　私はパソコンが下手です。　　　　我電腦笨拙。

⑦ 台湾風[連語]　　　　　　　　　　　台式

⑧ ビーフン　　　　　　　　　　　　　米粉

⑨ 野菜炒め　　　　　　　　　　　　　炒青菜

⑩ 得意[な形]　　　　　　　　　　　　擅長；拿手

⑪ 苦手[な形]　　　　　　　　　　　　難對付；不擅長
　　私はスポーツが苦手です。　　　　我運動不擅長

⑫ 料理　　　　　　　　　　　　　　　菜

⑬ 刺身　　　　　　　　　　　　　　　生魚片

⑭ わさび　　　　　　　　　　　　　　哇沙比

⑮ サンドイッチ　　　　　　　　　　　三明治

文 法 說 明

　　「好き・嫌い」、「上手・下手」是な形容詞，多使用於述語。
但，「上手・下手」是「技術好・不好」的意思，所以，也有例外。

```
… は 〜 が  好きです  →  … 喜歡 〜
… は 〜 が  嫌いです  →  … 討厭 〜
… は 〜 が  上手です  →  … 〜 很棒
… は 〜 が  下手です  →  … 〜 笨拙
```

日本語で書きましょう。

文を作ってください。

　　例. 私・ビール・好き　→　<u>私はビールが好きです</u>　　　　　。

　1. 李さん・料理・上手　→　＿＿＿＿＿＿＿＿＿＿＿＿＿＿＿。

　2. 楊さん・テニス・下手　→　＿＿＿＿＿＿＿＿＿＿＿＿＿。

　3. 彼女・野菜・嫌い　→　＿＿＿＿＿＿＿＿＿＿＿＿＿＿＿。

　4. 張さん・英語・上手　→　＿＿＿＿＿＿＿＿＿＿＿＿＿＿。

　5. 彼・サッカー・好き　→　＿＿＿＿＿＿＿＿＿＿＿＿＿＿。

　6. 私・歌・ダンス・好き　→　＿＿＿＿＿＿＿＿＿＿＿＿。

　7. 私・日本料理・下手　→　＿＿＿＿＿＿＿＿＿＿＿＿＿＿。

　8. 日本語・英語・上手　→　＿＿＿＿＿＿＿＿＿＿＿＿＿＿。

　9. カラオケ・野球・下手　→　＿＿＿＿＿＿＿＿＿＿＿＿＿。

　10. 卵・肉・嫌い　→　＿＿＿＿＿＿＿＿＿＿＿＿＿＿＿＿＿。

日本語で答えましょう。

1. 私はいつもどこでカラオケを歌いますか。

   → _____。

2. 私の友だちもカラオケが好きですか。

   → _____。

3. マイクさんは漢字が分かりますか。

   → _____。

4. 李さんはどんな歌が好きですか。

   → _____。

5. 私は料理が上手ですか。

   → _____。

6. マイクさんは朝いつも何を食べますか。

   → _____。

7. マイクさんは何が好きですか。

   → _____。

8. 李さんはどんな料理が上手ですか。

   → _____。

9. 私は何が好きですか。

   → _____。

10. 私は何が好きではありませんか。

    → _____。

どちらですか？

1. マイクさんはわさびが（ⓐ好きです　ⓑ嫌いです）。
2. ときどき私は李さんに料理を（ⓐ習います　ⓑ教えます）。
3. 李さんは日本料理が（ⓐ上手です　ⓑ下手です）。
4. マイクさんは（ⓐお昼に　ⓑ夜）レストランで食事をします。
5. 私はカラオケ（ⓐに　ⓑで）歌を歌います。
6. 李さんは野菜炒め（ⓐが　ⓑの）得意です。
7. 朝は家（ⓐに　ⓑで）サンドイッチを食べます。
8. ビーフン（ⓐと　ⓑは）野菜炒めが上手です。
9. 刺身を食べます。でも、わさびが（ⓐ好き　ⓑ嫌い）です。
10. 香菜（ⓐと　ⓑは）臭豆腐が好きではありません。

正しいですか？

1. 私たちは毎日カラオケへ行きます。　　　　（　　　）
2. マイクさんは日本の歌が上手ではありせん。（　　　）
3. 李さんは台湾語の歌を歌います。　　　　　（　　　）
4. 私はいつも李さんに料理を習います。　　　（　　　）
5. マイクさんは料理が上手です。　　　　　　（　　　）
6. 李さんは麻婆豆腐が好きです。　　　　　　（　　　）
7. 私はサンドイッチが嫌いです。　　　　　　（　　　）
8. 李さんはときどき私に料理を教えます。　　（　　　）
9. マイクさんは刺身が好きではありません。　（　　　）
10. 私は香菜が好きです。　　　　　　　　　　（　　　）

ワンポイント講座10

　「上手」與「得意」意思相似，不過「上手」對於自己不太使用。「下手」與「苦手」意思相近，但「苦手」的意思比較廣。「苦手」也有「不喜歡」的意思。

　私は刺身が下手です。　→　　我生魚片作得不好。

　私は刺身が苦手です。　→　　我生魚片作得不好。
　　　　　　　　　　　　　　　我不喜歡生魚片。

練習しましょう
反対語を使って答えてください。

1．野菜が苦手ですか。　→ _____。

2．料理が上手ですか。　→ _____。

3．買い物が得意ですか。　→ _____。

4．犬が好きですか。　→ _____。

5．猫が苦手ですか。　→ _____。

6．スキーが上手ですか。　→ _____。

7．勉強が嫌いですか。　→ _____。

8．わさびが好きですか。　→ _____。

9．英語が下手ですか。　→ _____。

10．野菜炒めが得意ですか。　→ _____。

私の部屋は　アパートの　２階に　あります。部屋の中には　いろいろな　ものが　あります。テレビや　冷蔵庫が　あります。私は　いつも　テレビの　ニュースを見ます。机の上には　パソコンが　あります。窓の　近くには　ベッドが　一つ　あります。部屋の　まん中にはテーブルと　椅子が　あります。

　私の家は　池袋に　あります。池袋は　大きな町　です。そして、にぎやかな　所です。近くに　コンビニやスーパーや　銀行が　あります。隣は　公園です。公園の前には　本屋が　あります。私は　ときどき　その本屋へ行きます。そして、新しい　雑誌を　買います。

　私は　よく　自転車で　スーパーへ　買い物に　行きます。スーパーは　とても　便利です。中には　たくさん店が　あります。喫茶店も　レストランも　あります。私は　今日　スーパーで　野菜と　卵と　魚を　買いました。夜　家で　料理を　作ります。ときどき、近所の　中華料理店で　ラーメンを　食べます。私は　毎日　アルバイトを　します。いつも　とても忙しいです。

生詞

①	部屋 （へや）	房間
②	冷蔵庫 （れいぞうこ）	電冰箱
③	窓 （まど）	窗戶
④	ベッド	床
⑤	まん中 （なか）	正中間
⑥	テーブル	桌子
⑦	近く （ちか） [名詞]	附近
⑧	コンビニ	便利商店
⑨	スーパー	超級市場
⑩	銀行 （ぎんこう）	銀行
⑪	本屋 （ほんや）	書店
⑫	新しい （あたら） [い形]	新的
⑬	雑誌 （ざっし）	雜誌
⑭	自転車 （じてんしゃ）	自行車
⑮	便利 （べんり） [な形]	方便
⑯	喫茶店 （きっさてん）	咖啡廳
⑰	野菜 （やさい）	蔬菜
⑱	卵 （たまご）	蛋
⑲	魚 （さかな）	魚
⑳	近所 （きんじょ）	附近
㉑	中華料理店 （ちゅうかりょうりてん）	中華料理餐廳
㉒	ラーメン	拉麵
㉓	アルバイト	打工
㉔	忙しい （いそが） [い形]	忙的

文　法　說　明

　　表示存在的時候，對動物使用「います」，對動物以外使用「あります」。表示存在的場所用「〜に」。

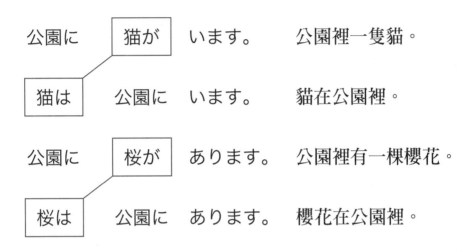

公園に	猫が	います。	公園裡一隻貓。
猫は	公園に	います。	貓在公園裡。
公園に	桜が	あります。	公園裡有一棵櫻花。
桜は	公園に	あります。	櫻花在公園裡。

日本語で書きましょう。

　　例．彼・渋谷　→　<u>彼は渋谷にいます</u>　　　　　　　　　　　　。

　　1．手帳・事務所　→　＿＿＿＿＿＿＿＿＿＿＿＿＿＿＿。

　　2．教室・花　→　＿＿＿＿＿＿＿＿＿＿＿＿＿＿＿＿＿。

　　3．8階・本屋　→　＿＿＿＿＿＿＿＿＿＿＿＿＿＿＿＿。

　　4．雑誌・3冊　→　＿＿＿＿＿＿＿＿＿＿＿＿＿＿＿＿。

　　5．ペン・7本　→　＿＿＿＿＿＿＿＿＿＿＿＿＿＿＿＿。

　　6．庭・リンゴ・5つ　→　＿＿＿＿＿＿＿＿＿＿＿＿。

　　7．家・パソコン・2台　→　＿＿＿＿＿＿＿＿＿＿＿。

　　8．ここ・テーブル・8脚　→　＿＿＿＿＿＿＿＿＿＿。

　　9．会議室・マイク・6本　→　＿＿＿＿＿＿＿＿＿＿。

　　10．部屋・椅子・1脚　→　＿＿＿＿＿＿＿＿＿＿＿＿。

日本語で答えましょう。

1. 私の部屋はどこにありますか。

    → _____。

2. 部屋の中にどんなものがありますか。

    → _____。

3. 机の上に何がありますか。

    → _____。

4. ベッドはどこにありますか。

    → _____。

5. 家の近くに何がありますか。

    → _____。

6. 公園の前に何がありますか。

    → _____。

7. 私は何でスーパーへ行きますか。

    → _____。

8. スーパーの中にどんな店がありますか。

    → _____。

9. 今日、私はスーパーで何を買いましたか。

    → _____。

10. 夜、私は家で何をしますか。

    → _____。

どちらですか？

1. 私の部屋は池袋（ⓐに　ⓑで）あります。

2. 私は家（ⓐに　ⓑで）テレビを見ます。

3. 自転車（ⓐに　ⓑで）買い物に行きます。

4. 新しい雑誌（ⓐに　ⓑを）買いました。

5. 家（ⓐに　ⓑで）パソコンがあります。

6. 私は（ⓐ夜　ⓑ夜に）料理を作ります。

7. 隣に公園（ⓐは　ⓑが）あります。

8. スーパーの（ⓐ中　ⓑ外）に喫茶店もあります。

9. 公園の（ⓐ中　ⓑ前）は本屋です。

10. 私は（ⓐ毎日　ⓑずっと）アルバイトをします。

正しいですか？

1. 私の部屋は二階にあります。　　　　　　　（　　　）

2. 私の部屋にはテレビがあります。　　　　　（　　　）

3. 窓の近くにはテーブルがあります。　　　　（　　　）

4. 家の近くにはデパートがあります。　　　　（　　　）

5. 私はいつも中華料理店でラーメンを食べます。（　　　）

6. 部屋のまん中に机があります。　　　　　　（　　　）

7. 近くに銀行とコンビニがあります。　　　　（　　　）

8. 部屋の隣に公園があります。　　　　　　　（　　　）

9. 今日、魚や卵を買いました。　　　　　　　（　　　）

10. アルバイトはときどき忙しいです。　　　　（　　　）

表示前後左右的位置關係時，一定用「の」。

〜の　前に　　〜の　後ろに　〜の　近くに

〜の　上に　　〜の　下に　　〜の　隣に

〜の　右に　　〜の　中に　　〜の　側に

〜の　左に　　〜の　外に　　〜の　横に

練習しましょう

自分の部屋のことを書いてください。

例：**本棚**　→　　本棚は机の隣にあります　　　　　　　　　　　　　。

　1. **テレビ**　→　＿＿＿＿＿＿＿＿＿＿＿＿＿＿＿＿。

　2. **パソコン**　→　＿＿＿＿＿＿＿＿＿＿＿＿＿＿。

　3. **テーブル**　→　＿＿＿＿＿＿＿＿＿＿＿＿＿＿。

　4. **冷蔵庫**　→　＿＿＿＿＿＿＿＿＿＿＿＿＿＿＿。

　5. **ベッド**　→　＿＿＿＿＿＿＿＿＿＿＿＿＿＿＿。

　6. **バイク**　→　＿＿＿＿＿＿＿＿＿＿＿＿＿＿＿。

　7. **洋服ダンス**　→　＿＿＿＿＿＿＿＿＿＿＿＿。

　8. **机**　→　＿＿＿＿＿＿＿＿＿＿＿＿＿＿＿＿＿。

　9. **エアコン**　→　＿＿＿＿＿＿＿＿＿＿＿＿＿＿。

　10. **ゴミ箱**　→　＿＿＿＿＿＿＿＿＿＿＿＿＿＿＿。

私の家は　五人家族です。両親と、兄と　弟が　います。父は　会社員です。少し　厳しいです。母は　専業主婦です。とても　優しいです。兄は　銀行員です。とても　まじめです。弟は　まだ高校生です。私たちは　みんな　とても　仲が　いいです。

　　私たちは　ときどき　みんなで　旅行を　します。今年の　冬休みに　北海道へ　行きました。北海道は　とても　寒かったです。でも、食べ物が　とても　おいしかったです。私たちは　札幌で　ラーメンを　食べました。そして、雪祭りを　見ました。旭川で　蟹や　刺身を　食べました。それから、稚内へ　行きました。稚内は　北海道の　一番北に　あります。私たちは　そこで　オホーツクの　流氷を　見ました。オホーツクの海は　とても　きれいでした。旅行は　楽しかったです。

生　詞

① 家族<ruby>かぞく</ruby>   家人

② 両親<ruby>りょうしん</ruby>   父母

③ 専業主婦<ruby>せんぎょうしゅふ</ruby>   家庭主婦

④ 少し<ruby>すこ</ruby>～   ～一點

⑤ 厳しい<ruby>きび</ruby>[い形]   嚴格的

⑥ 優しい<ruby>やさ</ruby>[い形]   溫柔的

⑦ まじめ[な形]   認真

⑧ 仲<ruby>なか</ruby>がいいです   感情很好

⑨ 冬休み<ruby>ふゆやす</ruby>   寒假

⑩ 北海道<ruby>ほっかいどう</ruby>   北海道(地名)

⑪ 寒い<ruby>さむ</ruby>[い形]   寒冷的

⑫ おいしい[い形]   好吃的

⑬ まずい[い形]   難吃的

⑭ 雪祭り<ruby>ゆきまつ</ruby>   雪祭

⑮ それから   其後，然後

⑯ 流氷<ruby>りゅうひょう</ruby>   流冰

⑰ 一番<ruby>いちばん</ruby>～   最～

文 法 說 明

　　數人數的時候，用「一人、二人、……」，數小的物體時用「一つ、二つ、……」。數水果時用「～個」也可以。這些數量詞不能接助詞「が」。

一つ　ひとつ　　二つ　ふたつ　　三つ　みっつ

四つ　よっつ　　五つ　いつつ　　六つ　むっつ

七つ　ななつ　　八つ　やっつ　　九つ　ここのつ

十　とお

日本語で書きましょう。

たまご15円　　　りんご100円　　　みかん 80円　　　梨 90円

柿　　70円　　　弁当　500円　　　マンゴ200円　　　桃120円

例. 弁当が（　1つ　）とみかんが（　2つ　）で660円です。

1. たまごが（　　　　　）とりんごが（　　　　　　）で260円です。

2. 梨が（　　　　　）と柿が（　　　　　）で480円です。

3. 桃が（　　　　）とみかんが（　　　　　）で550円です。

4. マンゴが（　　　　　）とりんごが（　　　　　）で500円です。

5. たまごが（　　　　　）と柿が（　　　　　）で360円です。

6. りんごが（　　　　　）とみかんが（　　　　　）で540円です。

7. 桃が（　　　　）とマンゴが（　　　　　）で880円です。

8. 弁当が（　　　　）とたまごが（　　　　　）で605円です。

9. 柿が（　　　　）とマンゴが（　　　　　）で820円です。

10. みかんが（　　　　　）と桃が（　　　　　）で600円です。

日本語で答えましょう。

1. 私の家は何人家族ですか。

   → _____。

2. お父さんの仕事は何ですか。

   → _____。

3. お父さんはどんな人ですか。

   → _____。

4. お母さんはどんな人ですか。

   → _____。

5. 兄さんの仕事は何ですか。

   → _____。

6. 弟は何人いますか。

   → _____。

7. 弟は大学生ですか。

   → _____。

8. 家族の仲はどうですか。

   → _____。

9. みんなでときどき何をしますか。

   → _____。

10. 今年みんなでどこへ行きましたか。

    → _____。

どちらですか？

1. 私には兄が（ⓐ一人　ⓑ一人が）います。
2. 札幌（ⓐに　ⓑで）ラーメンを食べに行きました。
3. 稚内は一番（ⓐ北　ⓑの北）にあります。
4. 旭川で蟹（ⓐと　ⓑや）刺身を食べました。
5. 私たちはみんな（ⓐ仲　ⓑ仲が）いいです。
6. オホーツク（ⓐには　ⓑでは）流氷を見ました。
7. 家族みんな（ⓐで　ⓑと）出かけます。
8. 冬休み（ⓐの時　ⓑに）北海道へ行きました。
9. オホーツク（ⓐは　ⓑの）海がきれいです。
10. 私たちは（ⓐときどき　ⓑよく）旅行します。

正しいですか？

1. 私の家は兄が二人います。　　　　　　　　（　　　）
2. 私の母は専業主婦です。　　　　　　　　　（　　　）
3. 今年の夏休みに北海道へ行きました。　　　（　　　）
4. 兄はとてもまじめです。　　　　　　　　　（　　　）
5. 北海道は少し寒かったです。　　　　　　　（　　　）
6. 弟は来年大学生です。　　　　　　　　　　（　　　）
7. 札幌で雪祭りを見ました。　　　　　　　　（　　　）
8. 旭川のラーメンはおいしかったです。　　　（　　　）
9. 私の父は銀行員です。　　　　　　　　　　（　　　）
10. 私の家は４人家族です。　　　　　　　　　（　　　）

ワンポイント講座12

　　表示花費時間，用「〜時間かかります」「〜時間です」。覺得「時間長」時，用「〜かかります」。而「〜時間です」沒有這樣的語感。一般來說，使用比較快的交通工具時，用「…でも〜時間かかります」表示路途遠。

　　　　新幹線で１時間です

　　　　自動車で１時間かかります　　　→　　　覺得很遠

　　　　特急でも１時間かかります　　　→　　　覺得很遠

練習しましょう

　　例．新幹線・2時間半(遠い)　→　<u>新幹線でも2時間半かかります</u>。

　　1．バス・6時間(遠い)　→　＿＿＿＿＿＿＿＿＿＿＿＿＿。

　　2．成田エクスプレス・1時間　→　＿＿＿＿＿＿＿＿＿＿。

　　3．電車・30分以上(遠い)　→　＿＿＿＿＿＿＿＿＿＿＿。

　　4．飛行機・3時間　→　＿＿＿＿＿＿＿＿＿＿＿＿＿＿。

　　5．バイク・20分(遠い)　→　＿＿＿＿＿＿＿＿＿＿＿。

　　6．急行・1時間(遠い)　→　＿＿＿＿＿＿＿＿＿＿＿＿。

　　7．自動車・30分　→　＿＿＿＿＿＿＿＿＿＿＿＿＿＿。

　　8．船・一週間以上(遠い)　→　＿＿＿＿＿＿＿＿＿＿。

　　9．自転車・10分　→　＿＿＿＿＿＿＿＿＿＿＿＿＿＿。

　　10．タクシー・20分(遠い)　→　＿＿＿＿＿＿＿＿＿＿。

日本の　冬は　12月から　2月まで　です。冬は　とても　寒いです。毎年　雪が　降ります。2月が　一番　寒いです。1月1日は　日本の　お正月です。お正月には　多くの人が　故郷に帰ります。

春は　3月から　5月まで　です。春は　暖かいです。いろいろな　花が　咲きます。4月には　桜が　咲きます。そして、入学式や　入社式が　あります。5月から　梅雨です。梅雨には　たくさん　雨が　降ります。その後、少し暑く　なります。

夏は　6月から　8月まで　です。夏は　とても　暑いです。毎年　台風が　来ます。夏休みに　多くの　人が　海や川へ　泳ぎに　行きます。そして、旅行に　行きます。外国へ　旅行する人も　たくさん　います。

秋は　9月から　11月まで　です。秋は　涼しいです。食べ物が　おいしいです。9月から　新学期が　始まります。11月には　学校で　文化祭や　運動会が　あります。

生 詞

①	四季（し　き）	四季
②	季節（き　せつ）	季節
③	寒い（さむ）[い形]	寒冷的
④	暖かい（あたた）[い形]	暖和的
⑤	いろいろ[な形]	各種各樣
⑥	入学式（にゅうがくしき）	開學典禮
⑦	入社式（にゅうしゃしき）	入社典禮
⑧	梅雨（つ　ゆ）	梅雨
⑨	暑い（あつ）[い形]	天氣熱
⑩	台風（たいふう）	颱風
	台風が来ます（たいふう　き）	颱風來
⑪	泳ぎます（およ）[自動Ⅰ]	游泳
⑫	涼しい（すず）[い形]	涼快的
⑬	新学期（しんがっき）	新學期
⑭	文化祭（ぶんかさい）	文化祭
⑮	運動会（うんどうかい）	運動會

文　法　説　明

　　中文裡形容詞修飾名詞的時候，用「的」來接續。可是日文形容詞修飾名詞的時候直接接續於名詞，不需要「の」。而名詞修飾名詞時使用「の」。

我的電腦　　　私のパソコン

新的電腦　　　新しいパソコン

日本語で書きましょう。

下から語句を選んで入れてください。

1. 今日は（　　　　　　　　）天気です。
2. 新幹線はとても（　　　　　　　　）電車です。
3. 麻婆豆腐は（　　　　　　　）料理です。
4. 秋は（　　　　　　）季節です。
5. 私の家は（　　　　　　）近くです。
6. 高雄は台北から（　　　　　　　）街です。
7. 春は（　　　　　）季節です。
8. そのバッグは（　　　　　　）ものです。
9. これはとても（　　　　　　　）かばんです。
10. 桜は（　　　　　）花です。

暖かい　　いい　　軽い　　遠い　　スポーツ

彼女　　速い　　からい　　近く　　春

日本語で答えましょう。

1. 日本の冬は何月から何月までですか。

    → ＿＿＿＿＿＿＿＿＿＿＿＿＿＿＿＿＿＿＿＿＿。

2. 日本の冬はどんな季節ですか。

    → ＿＿＿＿＿＿＿＿＿＿＿＿＿＿＿＿＿＿＿＿＿。

3. 冬にはどんなことがありますか。

    → ＿＿＿＿＿＿＿＿＿＿＿＿＿＿＿＿＿＿＿＿＿。

4. 春は何月から何月までですか。

    → ＿＿＿＿＿＿＿＿＿＿＿＿＿＿＿＿＿＿＿＿＿。

5. 春にはどんなことがありますか。

    → ＿＿＿＿＿＿＿＿＿＿＿＿＿＿＿＿＿＿＿＿＿。

6. 梅雨はどんな季節ですか。

    → ＿＿＿＿＿＿＿＿＿＿＿＿＿＿＿＿＿＿＿＿＿。

7. 夏はどんな季節ですか。

    → ＿＿＿＿＿＿＿＿＿＿＿＿＿＿＿＿＿＿＿＿＿。

8. 夏にはみんな何をしますか。

    → ＿＿＿＿＿＿＿＿＿＿＿＿＿＿＿＿＿＿＿＿＿。

9. 秋はどんな季節ですか。

    → ＿＿＿＿＿＿＿＿＿＿＿＿＿＿＿＿＿＿＿＿＿。

10. 秋にはどんなことがありますか。

    → ＿＿＿＿＿＿＿＿＿＿＿＿＿＿＿＿＿＿＿＿＿。

どちらですか？

1. 1月（ⓐは　ⓑが）寒いです。

2. （ⓐ毎年　ⓑ一年）雪が降ります。

3. お正月（ⓐは　ⓑには）故郷に帰ります。

4. いろいろな花（ⓐは　ⓑが）咲きます。

5. 5月（ⓐから　ⓑまで）は梅雨です。

6. 梅雨の（ⓐ後　ⓑ後に）少し暑くなります。

7. 台風が（ⓐ入って来ます　ⓑ来ます）。

8. 海（ⓐと　ⓑや）川へ泳ぎに行きます。

9. （ⓐ多い　ⓑ多くの）人が旅行します。

10. 9月（ⓐに　ⓑで）新学期が始まります。

正しいですか？

1. 日本ではあまり雪が降りません。　　　　（　　　）

2. 2月はとても寒いです。　　　　　　　　（　　　）

3. 4月には入学式があります。　　　　　　（　　　）

4. 5月には桜がありません。　　　　　　　（　　　）

5. 梅雨には少し雨が降ります。　　　　　　（　　　）

6. 夏休みには多くの人が海外旅行します。　（　　　）

7. 夏にはいつも台風が来ます。　　　　　　（　　　）

8. 秋にはスポーツをします。　　　　　　　（　　　）

9. 秋の食べ物がおいしいです。　　　　　　（　　　）

10. 10月からは新学期です。　　　　　　　（　　　）

ワンポイント講座13

一般形容詞可修飾名詞，但「多い」「少ない」不修飾名詞。這些詞用於修飾名詞時用「多くの〜」「少しの〜」，後面須爲動詞句。

	新竹には	日本人が	多いです。	
=	新竹には	多くの	日本人がいます。	○
	新竹には	多い	日本人がいます。	×

	屏東には	日本人が	少ないです。	
=	屏東には	少しの	日本人がいます。	○
	屏東には	少ない	日本人がいます。	×

練習しましょう

例. 日本・地震　→　<u>日本は地震が多いです</u>　　　　　　　　。

1. 台湾・観光地　→　＿＿＿＿＿＿＿＿＿＿＿。

2. 大阪・緑　→　＿＿＿＿＿＿＿＿＿＿＿。

3. 北海道・おいしいもの　→　＿＿＿＿＿＿＿＿。

4. 8月・仕事　→　＿＿＿＿＿＿＿＿＿＿。

5. 5月・人・旅行します　→　＿＿＿＿＿＿＿。

6. 日本・金・取れます　→　＿＿＿＿＿＿＿。

7. 6月・人・結婚します　→　＿＿＿＿＿＿。

8. 日曜日・暇・あります→　＿＿＿＿＿＿＿。

9. 会議・社員・出席します　→　＿＿＿＿＿＿。

10. 東京・外国人・住みます　→　＿＿＿＿＿＿。

　　学校の　授業は　5時に　終わります。私は　6時から 11時まで　コンビニで　アルバイトを　しています。毎日 ではありません。でも、とても　忙しいです。

　　昨日、給料を　もらいました。私の　パソコンは　古い です。私は　新しい　パソコンを　買いたいです。それか ら、日本語の　電子辞書が　欲しいです。今日、秋葉原に 買いに　行きました。ここには　IT関連の　商品が　た くさん　あります。パソコンや　無線機の　部品も　とて も　多いです。私は　いろいろな　店を　回りました。パ ソコンゲームも　たくさん　ありました。私は　ゲーム は　買いたくないです。iPodも　ありました。私は　iPod が　欲しかったです。でも、高かったです。ですから　買 いませんでした。私は　最新の　パソコンと　いい　電子 辞書を　買いました。とても　安かったです。私は　嬉し かったです。

　　でも、私は　疲れました。少し　休みたいです。最後に 私は　喫茶店に　入りました。そして、コーヒーを　一杯 飲みました。

生 詞

①	電子辞書	電子辭典
②	欲しい[い形]	想要～
	（名詞）～が欲しいです	想要～
	（動詞）～て欲しいです	他人想要～
③	秋葉原	地名
④	ＩＴ	資訊科技
⑤	～関連	有關～
⑥	無線機	無線對講機
⑦	部品	零件
⑧	～を回ります[自動Ⅰ]	(有目的)逛～
⑨	～をぶらぶらします	(沒有目的)逛～
⑩	最新	最新
⑪	高い[い形]	高的，貴的
⑫	疲れます[自動Ⅱ]	累

文　法　説　明

　　表示自己的願望的時候，用「動詞ます形去ます＋たいです」。想要東西時，用「名詞が＋欲しいです」。拜託他人時用「動詞て形＋欲しいです」。

```
動詞    ̶ま̶す̶    たいです    →    想做～動作
    例：食べます  →  食べたいです。
名詞     が    欲しいです    →    想要東西
    例：カメラが欲しいです。
動詞    て形    欲しいです    →    想要別人做～
    例：プレゼントを買って欲しいです。
```

日本語で書きましょう。

　　「たいです」、「欲しいです」、「て欲しいです」を使って文を作ってください。

1. デジタルカメラ　→　私は＿＿＿＿＿＿＿＿＿＿＿＿＿＿＿＿＿＿。

2. 彼に・手伝います　→　私は＿＿＿＿＿＿＿＿＿＿＿＿＿＿。

3. 車・買います　→　私は＿＿＿＿＿＿＿＿＿＿＿＿＿＿＿＿。

4. 会社・休みます　→　私は＿＿＿＿＿＿＿＿＿＿＿＿＿＿。

5. ビール・飲みます　→　私は＿＿＿＿＿＿＿＿＿＿＿＿＿。

6. ご飯・食べます　→　私は＿＿＿＿＿＿＿＿＿＿＿＿＿＿。

7. 新しい携帯電話　→　私は＿＿＿＿＿＿＿＿＿＿＿＿＿＿。

8. 彼女と・結婚　→　私は＿＿＿＿＿＿＿＿＿＿＿＿＿＿＿。

9. 海で・泳ぎます　→　私は＿＿＿＿＿＿＿＿＿＿＿＿＿＿。

10. 彼に・帰ります　→　私は＿＿＿＿＿＿＿＿＿＿＿＿＿＿。

日本語で答えましょう。

1. 私はどこでアルバイトをしていますか。

   → _____。

2. 私は何を買いたいですか。

   → _____。

3. 私はいつ秋葉原へ行きましたか。

   → _____。

4. 秋葉原には何がありますか。

   → _____。

5. 私はゲームを買いたいですか。

   → _____。

6. 私はiPodを買いましたか。

   → _____。

7. 私は何を買いましたか。

   → _____。

8. それは高かったですか。

   → _____。

9. 私はどうして喫茶店に入りましたか。

   → _____。

10. 私は喫茶店で何を飲みましたか。

   → _____。

どちらですか？

1. 学校は（ⓐ4　ⓑ5）時に終わります。

2. 私は（ⓐ4　ⓑ5）時間アルバイトをしています。

3. 学校（ⓐまで　ⓑから）バスで行きました。

4. 私は喫茶店（ⓐに　ⓑで）休みました。

5. 今日私は（ⓐとても　ⓑ少し）疲れました。

6. （ⓐそれから　ⓑそれとも）電子辞書が欲しいです。

7. いろいろな店（ⓐへ　ⓑを）回りました。

8. ＩＴ（ⓐ関係　ⓑ関連）の商品がたくさんあります。

9. （ⓐ少し　ⓑとても）休みたいです。

10. 最新のパソコン（ⓐと　ⓑや）電子辞書を買いました。

正しいですか？

1. 私は毎日アルバイトをしています。　　　　　（　　　）

2. 私は秋葉原でパソコンを買いました。　　　　（　　　）

3. 私は今日給料をもらいました。　　　　　　　（　　　）

4. 秋葉原では無線機の部品を売っています。　　（　　　）

5. 電子辞書は高かったです。　　　　　　　　　（　　　）

6. 私のパソコンは壊れました。　　　　　　　　（　　　）

7. 秋葉原は電気の町です。　　　　　　　　　　（　　　）

8. 私は秋葉原でゲームをしました。　　　　　　（　　　）

9. 喫茶店でコーヒーを飲みました。　　　　　　（　　　）

10. 私はコンビニでアルバイトをしています。　　（　　　）

　　日語中，「〜たい」「〜ほしい」，不能用於第三人稱。第三人稱之願望表現用「動詞＋たがっています」「〜欲しがっています」。

田中さんはカメラを買いたがっています　　他人想要的動作

田中さんはカメラを欲しがっています　　他人想要的東西

田中さんは鈴木さんにカメラを
買って欲しがっています　　　　　　他人想要別人作的動作

練習しましょう

下線部の動詞の形を変えて、願望表現を入れてください。

例．彼はサッカーを<u>します</u>（したがっています）。

1．彼はお酒を<u>飲みます</u>（　　　　　　　　）。

2．私は彼に辞書を<u>借ります</u>（　　　　　　　）。

3．妹は彼に<u>会います</u>（　　　　　　　　　）。

4．李さんは日本へ<u>旅行します</u>（　　　　　　）。

5．張さんはお花見を<u>します</u>。（　　　　　　）。

6．私はエアコンを<u>つけます</u>（　　　　　　　）。

7．弟は私にボールペンを<u>買います</u>（　　　　　）。

8．彼女は音楽を<u>聞きます</u>（　　　　　　　）。

9．友だちはタバコを<u>吸います</u>（　　　　　　）。

10．子供は<u>遊びます</u>（　　　　　　　）。

みなさん、出発の時間ですよ。もう準備はOKですか。急いでください。バスが待っていますよ。バスに乗る時は、順番に並んでください。あれ、鈴木さん、どうしましたか。荷物が重いですか。手伝いましょうか。大丈夫ですか。それでは、みなさん、行きましょう。

バスの中では騒いではいけません。静かにしていてください。箱根はいい所ですよ。空気がおいしいですよ。今、箱根は観光シーズンです。外国から観光客もたくさん来ていますよ。ホテルには広い庭があって、きれいな花が咲いています。外には露天風呂もありますよ。

最初の日はホテルでゆっくり休みます。二日目は、近くの山や湖を見に行きます。午前中は自由時間です。午後、芦ノ湖へ行きます。そして、海賊船に乗ります。三日目は、強羅公園や彫刻の森美術館へ行きます。そして、夜はホテルの中庭でバーベキューをします。

たっぷり楽しんで、中学校最後の思い出を残してください。

生　詞

①	出発	出發
	出発します[自動Ⅲ]	出發
②	準備	準備
	準備します[自動Ⅲ]	做準備
③	ＯＫ	可以
④	並びます[自動Ⅰ]	排隊、排～
⑤	荷物	行李
⑥	手伝います[自動Ⅰ]	幫忙
⑦	大丈夫	沒關係
⑧	騒ぎます[自動Ⅲ]	喧嘩
⑨	観光	觀光
	観光します[自動Ⅲ]	觀光
⑩	シーズン	季節
⑪	咲きます[自動Ⅰ]	開(花)
⑫	露天風呂	露天浴池
⑬	自由時間	自由時間
⑭	海賊船	海盜船
⑮	中庭	中庭
⑯	バーベキュー	烤肉
⑰	たっぷり（口語）	充分，十分

文 法 説 明

　日語的動詞表示現在的狀態時，用「～ています」。第二類動詞，把「ます」變成「ています」就可以。第一類動詞變化如下。而「行きます」變成「行って」，屬於例外。

> ～きます→いて　　～ちます→って　　～にます→んで
>
> ～ぎます→いで　　～ります→って　　～みます→んで
>
> ～します→して　　～います→って　　～びます→んで

日本語で書きましょう。

下から語句を選んで入れてください。

1. 窓が（　　　　　　　　）。
2. 車が（　　　　　　　　）。
3. 彼は休憩室で（　　　　　　　）。
4. 今、手紙を（　　　　　　　）。
5. 駅前であなたを（　　　　　　　）。
6. 電車が（　　　　　　　）。
7. 仕事で（　　　　　　　）。
8. 毎朝、ジョギングを（　　　　　　　）。
9. 私はもう（　　　　　　　）。
10. 外で子供が（　　　　　　　）。

　　書きます　　遊びます　　開きます　　待ちます　　走ります
　　止まります　結婚します　します　　　疲れます　　休みます

日本語で答えましょう。

1．誰が誰に言いましたか。

　　→ _____○

2．みんなはどこに行きますか。

　　→ _____○

3．みんなは何に乗って行きますか。

　　→ _____○

4．ホテルの中に何がありますか。

　　→ _____○

5．ホテルにはどんな花が咲いていますか。

　　→ _____○

6．最初の日はどうしますか。

　　→ _____○

7．二日目はどこへ行きますか。

　　→ _____○

8．二日目の午後、何に乗りますか。

　　→ _____○

9．みんなは中学何年生ですか。

　　→ _____○

10．三日目の夜、何をしますか。

　　→ _____○

どちらですか？

1. 学校でバス（ⓐに　ⓑを）乗ります。

2. みんなは静かに（ⓐして　ⓑなって）います。

3. みんなは騒（ⓐぎて　ⓑいで）います。

4. 友だちが来（ⓐて　ⓑって）います。

5. ゆっくり休（ⓐんで　ⓑみて）います。

6. 箱根（ⓐへ　ⓑから）外国人がたくさん来ます。

7. 二日目の午前中は海賊船（ⓐを　ⓑに）乗ります。

8. 庭が（ⓐありて　ⓑあって）、花が咲いています。

9. 午前中は（ⓐ自由　ⓑ自由な）時間です。

10. 荷物（ⓐは　ⓑが）重いですか。

正しいですか？

1. みんなは並んでバスに乗ります。　　　　　　（　　　）

2. 今、箱根には外国人もたくさん来ています。　（　　　）

3. ホテルの中に露天風呂があります。　　　　　（　　　）

4. 最初の日、近くの山へ行きます。　　　　　　（　　　）

5. 二日目、午前中は自由時間です。　　　　　　（　　　）

6. ホテルの中には花があります。　　　　　　　（　　　）

7. 露天風呂は外にあります。　　　　　　　　　（　　　）

8. 箱根には彫刻の森美術館があります。　　　　（　　　）

9. 鈴木さんの荷物は重いです。　　　　　　　　（　　　）

10. 三日間箱根へ行きます。　　　　　　　　　　（　　　）

　　「動詞てください」，譯爲「請你〜」。其否定形爲「〜ないでください」，譯爲「請不要〜」。

　　　　〜てください　　　　→　　　請（你）〜

　　　　〜ないでください　　→　　　請（你）不要〜

練習しましょう

　例．ここは禁煙なので、タバコを吸います

　　　→　吸わないでください_____。

　1．そこの塩を取ります　→　_____。

　2．あまりお酒を飲みます　→　_____。

　3．早く家に帰ります　→　_____。

　4．暗いので、電気をつけます　→　_____。

　5．寒いので、窓を開けます　→　_____。

　6．重いので、持ちます　→　_____。

　7．美術館で写真を撮ります　→　_____。

　8．あそこを右に曲がります　→　_____。

　9．駅までの道を教えます　→　_____。

　10．店の前に車を停めます　→　_____。

　　日本では　タバコを　吸う人が　多いです。若い　女性も　タバコを　吸います。でも、十年くらい　前から、嫌煙運動が　広がって　来ました。嫌煙運動家の人たちはタバコは　健康に　よくない　と主張しました。今では、新幹線や　飛行機の　中で　タバコを　吸ってはいけません。全面禁煙です。喫煙禁止の　レストランも　あります。

　　駅や　建物の中には　小さな　喫煙コーナーが　あります。ここでは　タバコを　吸ってもいいです。喫煙コーナー以外では、タバコを　吸ってはいけません。駅の　喫煙コーナーでも、朝の　ラッシュアワーや　夕方の　ラッシュアワーの　時は　吸ってはいけません。

　　歩きながら　タバコを　吸ってもいけません。道路にタバコの　吸い殻を　捨てると、2万円以下の　罰金です。ですから、タバコを　吸う　人は　携帯用の　灰皿を持っている　ことが　あります。

　　それでも、タバコを　吸う人は　まだ　たくさん　います。

生　詞

① 嫌煙運動
（けんえんうんどう）

② 〜によくない　　　　　　　　對〜不好

③ 〜を主張します[他動Ⅲ]　　　主張〜
（しゅちょう）

　〜と主張します[他動Ⅲ]　　主張〜
（しゅちょう）

④ 喫煙禁止
（きつえんきんし）

　〜を禁止します[他動Ⅲ]　　禁止〜
（きんし）

⑤ 〜禁止　　　　　　　　　　禁止〜
（きんし）

⑥ 全面禁煙　　　　　　　　　全面禁止抽煙
（ぜんめんきんえん）

⑦ コーナー(Corner)　　　　　角落

　〜コーナー

⑧ ラッシュアワー(Rush Hour)　高峰時間

⑨ 〜ながら…　　　　　　　　一邊〜，一邊〜

　動詞＋ながら＋動詞

⑩ 吸い殻　　　　　　　　　　煙蒂
（す）（がら）

⑪ 〜を捨てます　　　　　　　丟棄〜
（す）

⑫ 罰金　　　　　　　　　　　罰款
（ばっきん）

⑬ 携帯　　　　　　　　　　　攜帶
（けいたい）

⑭ 灰皿　　　　　　　　　　　煙灰缸
（はいざら）

文 法 説 明

「てもいいです」表示許可，相當於中文的「也可以」。「てはいけません」表示禁止，相當於中文的「不可以」。都用動詞て形。

てもいいです　　也可以 〜

てはいけません　不可以 〜

日本語で書きましょう。

「てもいいです」、「てはいけません」を使って文を完成してください。

例．公園で野球をします　→　<u>公園で野球をしてはいけません</u>。

1．暇なので、早く帰ります　→　_____。

2．会社を休みます　→　_____。

3．知らないことを聞きます　→　_____。

4．他人のものを売ります　→　_____。

5．知らないメールを開きます　→　_____。

6．子供はお酒を飲みます　→　_____。

7．他人の日記を読みます　→　_____。

8．あなたを手伝います　→　_____。

9．授業中に寝ます　→　_____。

10．廊下を走ります　→　_____。

日本語で答えましょう。

1. 日本ではタバコを吸う女性が多いですか。

→ _____。

2. 誰がタバコを吸ってはいけないと主張していますか。

→ _____。

3. いつごろから、そう主張し始めましたか。

→ _____。

4. どうしてタバコを吸ってはいけないですか。

→ _____。

5. 駅でタバコを吸ってもいいですか。

→ _____。

6. タバコを吸ってもいいレストランがありますか。

→ _____。

7. 駅の喫煙区域でも、どんな時にタバコを吸ってはいけませんか。

→ _____。

8. 歩きながらタバコを吸うと、どうなりますか。

→ _____。

9. 道路に吸殻を捨てると、どうなりますか。

→ _____。

10. タバコを吸う人は何を持っていることがありますか。

→ _____。

どちらですか？

1. 日本（ⓐで　ⓑに）はタバコを吸う人が多いです。
2. 十年前（ⓐから　ⓑくらい）嫌煙運動が広がって来ました。
3. タバコは健康によくない（ⓐと　ⓑを）主張しました。
4. 喫煙コーナー（ⓐで　ⓑに）タバコを吸います。
5. 喫煙禁止のレストラン（ⓐは　ⓑも）あります。
6. 歩き（ⓐなから　ⓑながら）タバコを吸ってはいけません。
7. 吸い殻を捨てる（ⓐと　ⓑが）罰金です。
8. 携帯用の灰皿（ⓐが　ⓑを）あります。
9. タバコを吸う人は（ⓐまた　ⓑまだ）多いです。
10. （ⓐそれでも　ⓑそれにも）タバコを吸います。

正しいですか？

1. 日本の若い女性はタバコを吸いません。　（　　）
2. 昔からタバコを吸わない人もいます。　（　　）
3. 嫌煙運動は最近始まりました。　（　　）
4. タバコは健康によくないです。　（　　）
5. 新幹線の中には喫煙コーナーがあります。　（　　）
6. 飛行機は全面禁煙です。　（　　）
7. 喫煙コーナーでは、タバコを吸ってもいいです。（　　）
8. 道路にタバコの吸い殻を捨ててはいけません。　（　　）
9. 道路でタバコを吸ってもいいです。　（　　）
10. みんな携帯用の灰皿を持っています。　（　　）

ワンポイント講座16

「動詞1＋ながら＋動詞2」表示同時的動作。只是前面的動詞去掉「ます」。兩個動詞對立的時候，表示逆接，用逆接表現，有時用「ながらも」。

動詞1　ます　ながら　動詞2
一邊　動詞1，一邊　動詞2
動詞1，可是　動詞2

練習しましょう

例．音楽を聞きます・勉強します

　　→　音楽を聞きながら勉強します　　　　　　　　　　　　。

1．寝ます・テレビを見ます　→　＿＿＿＿＿＿＿＿＿＿＿。

2．ご飯を食べます・ニュースを聞きます

　　→　＿＿＿＿＿＿＿＿＿＿＿＿＿＿＿＿＿＿。

3．早く起きます・遅刻しました　→　＿＿＿＿＿＿＿＿。

4．歩きます・本を読みます　→　＿＿＿＿＿＿＿＿＿。

5．歌います・踊ります　→　＿＿＿＿＿＿＿＿＿＿。

6．そこにいます・事故に気づきませんでした

　　→　＿＿＿＿＿＿＿＿＿＿＿＿＿＿＿＿＿＿。

7．音楽を聞きます・運転します

　　→　＿＿＿＿＿＿＿＿＿＿＿＿＿＿＿＿＿＿。

8．働きます・勉強します　→　＿＿＿＿＿＿＿＿＿。

9．道を思い出します・行きます　→　＿＿＿＿＿＿＿。

10．パソコンをします・手紙を書きます

　　→　＿＿＿＿＿＿＿＿＿＿＿＿＿＿＿＿＿＿。

　今日は朝から頭が痛いです。学校を休んで、病院へ行きました。病院は家の近くです。私は歩いて行きました。

　病院の受付で保険証を見せて、診察表に名前を書きました。受付の人が私の名前を呼ぶと、私は診察室へ入りました。私が椅子に座ると、医者は「どうしましたか」と聞きました。私は、「今朝から頭が痛いです」と答えました。

「口を開けてください」と言うので、口を開けました。「のども痛いですか。お腹はどうですか」と聞いたので、私は「のどは少し痛いですが、お腹は痛くないです」と答えました。それから、体温計で体温を測りました。37度5分でした。少し熱がありました。

　最後に医者は「心配ありません。軽い風邪です」と言いました。それから、「今日はゆっくり休んでください。お風呂には入らないでください。3日分の薬を出しますので、食後に1回、1日3回飲んでください」と言いました。私が「どうもありがとうございます」と言うと、医者は私に「お大事に」と言いました。

生　詞

①	保険証 ほけんしょう	保險證
②	初診 しょしん	初診
③	診察室 しんさつしつ	診察室
	～を診察します[他動Ⅲ] しんさつ	診察
④	のど	喉嚨
⑤	お腹 はら	肚子
⑥	体温計 たいおんけい	體溫表
⑦	体温 たいおん	體溫
⑧	～を測ります[他動Ⅰ] はか	量
⑨	熱があります ねつ	發燒
⑩	心配 しんぱい	擔心
	～を心配します[他動Ⅲ] しんぱい	擔心
⑪	軽い かる	輕的
⑫	風邪 かぜ	感冒
⑬	食後 しょくご	飯後
⑭	お大事に だいじ	請多保重

文 法 說 明

中文「全體 的 部分〜」，日語是用「全體は 部分が〜」。

李さんは 小さいです。 → 李小姐 很小。

李さんは声が小さいです。 → 李小姐聲音小。

日本語で書きましょう。

例. 台北・交通・便利 → <u>台北は交通が便利です</u> 。

1. 象・鼻 → _____ 。

2. 王さん・性格 → _____ 。

3. 劉さん・体 → _____ 。

4. 北海道・魚 → _____ 。

5. 今日・天気 → _____ 。

6. ここ・品物 → _____ 。

7. 東京・物価 → _____ 。

8. 沖縄・海 → _____ 。

9. 張さん・目 → _____ 。

10. この服・色 → _____ 。

高い	長い	大きい	きれい	おいしい
安い	暑い	優しい	すてき	かわいい

日本語で答えましょう。

1. 朝からどこが痛いですか。

   →＿＿＿＿＿＿＿＿＿＿＿＿＿＿＿＿＿＿＿＿。

2. 今日学校へ行きましたか。

   →＿＿＿＿＿＿＿＿＿＿＿＿＿＿＿＿＿＿＿＿。

3. どうやって病院へ行きましたか。

   →＿＿＿＿＿＿＿＿＿＿＿＿＿＿＿＿＿＿＿＿。

4. 病院の受付で何をしましたか。

   →＿＿＿＿＿＿＿＿＿＿＿＿＿＿＿＿＿＿＿＿。

5. 最初に医者は何と言いましたか。

   →＿＿＿＿＿＿＿＿＿＿＿＿＿＿＿＿＿＿＿＿。

6. お腹は痛いですか。

   →＿＿＿＿＿＿＿＿＿＿＿＿＿＿＿＿＿＿＿＿。

7. 体温は何度でしたか。

   →＿＿＿＿＿＿＿＿＿＿＿＿＿＿＿＿＿＿＿＿。

8. 今晩どうしますか。

   →＿＿＿＿＿＿＿＿＿＿＿＿＿＿＿＿＿＿＿＿。

9. お風呂に入ってもいいですか。

   →＿＿＿＿＿＿＿＿＿＿＿＿＿＿＿＿＿＿＿＿。

10. 薬は１日何回飲みますか。

   →＿＿＿＿＿＿＿＿＿＿＿＿＿＿＿＿＿＿＿＿。

どちらですか？

1．朝から頭（ⓐが　ⓑは）痛いです。

2．私の家は病院に（ⓐ近い　ⓑ近く）です。

3．受付（ⓐで　ⓑに）保険証を見せました。

4．私が椅子に（ⓐ座って　ⓑ座ると）、医者が聞きました。

5．お腹は（ⓐ痛い　ⓑ痛くない）です。

6．体温を（ⓐ測ると　ⓑ測って）、３８度５分でした。

7．今日はゆっくり（ⓐ休みで　ⓑ休んで）ください。

8．３日分の薬を（ⓐ出します　ⓑ出ます）。

9．食後（ⓐで　ⓑに）１回薬を飲みます。

10．「お大事に」（ⓐと　ⓑを）言いました。

正しいですか？

1．昨日、学校を休んで、病院へ行きました。　（　　　）

2．家から病院まで近いので、歩いて行きました。　（　　　）

3．受付で診察券を出しました。　（　　　）

4．受付の人は私の名前を呼びました。　（　　　）

5．私は昨日から頭が痛いです。　（　　　）

6．少し熱がありました。　（　　　）

7．私は軽い風邪でした。　（　　　）

8．私は今晩お風呂に入ります。　（　　　）

9．私は３日分の薬をもらいました。　（　　　）

10．毎日食後に薬を飲みます。　（　　　）

ワンポイント講座17

表示原因・理由，使用「〜から」跟「〜ので」。這些都相當於中文的「因為」，可是用法不同一點。

名詞・な形　です }
い形 （です） } から
動詞 （て形以外） }

名詞・な形　な }
い形 （です） } ので
動詞 （普通體） }

練習しましょう

例．不便・から、引っ越します　→　<u>不便ですから、引っ越します。</u>

1．おいしい・から・食べます　→　_____。

2．試験が終わります・から・帰ります　→　_____。

3．きれい・から・買います　→　_____。

4．元気・から・休みません　→　_____。

5．親切・から・人気があります　→　_____。

6．眠い・ので・寝ます　→　_____。

7．バスが来ます・ので・乗ります　→　_____。

8．髪が長い・ので・切ります　→　_____。

9．英語・ので・分かりません　→　_____。

10．疲れます・ので・休みます　→　_____。

ペットを飼ったことがありますか。私の家では犬を二匹飼っています。一匹は大きくて白い犬です。もう一匹は小さくて白と黒のブチです。大きい犬の名前は「ゴン」です。小さい犬の名前は「コロ」です。

私が「お座り！」と言うと、ゴンは座ります。私が手のひらを差し出して「お手！」と言うと、ゴンは私の手の上に自分の前足を置きます。他にも、ゴンはいろいろな芸ができます。私が「お回り！」と言うと、くるくる回ります。

コロはまだ小さいです。ですから、まだ芸をしません。でも、とても可愛いです。私が家に帰ると、すぐに「ワンワン」と鳴いて私の所に走って来ます。私はコロがとても好きです。

この二匹はとても仲がいいです。いつも一緒に犬小屋の中で寝ています。私はときどき二匹の犬を連れて散歩したり、買い物に行ったりします。

ペットがいると、家の中がとても楽しくなります。

生 詞

①	ペット	寵物
②	～を飼います[他動Ⅰ]	養
③	犬	狗
④	ブチ	斑紋、斑點
⑤	お座り	坐下
⑥	お回り	轉身
⑦	手のひら	手掌
⑧	～を差し出します[他動Ⅰ複合]	伸出
⑨	前足	前腳
⑩	～を…に置きます[他動Ⅰ]	把～放在…
⑪	他にも	還有
⑫	芸	技藝、技能
	芸をします	表演
⑬	～ができます[自動Ⅱ]	會～
⑭	くるくる	不停地轉
⑮	回ります[自動Ⅰ]	轉
⑯	ワンワン	汪汪(狗叫)
⑰	～が鳴きます	～叫
⑱	犬小屋	狗屋
⑲	散歩します[自動Ⅲ]	散步
⑳	～を連れます[他動Ⅱ]	帶領～
	～を連れて行きます	帶～去
	～を連れて来ます	帶～來

104

文 法 説 明

表示經驗時，用「動詞た形＋ことがあります」。動作並列時，用「動詞た形＋りします」。

```
～たことがあります    →  動詞過
～たり、～たりします  →  又～、又
```

日本で寿司を食べたことがあります。
台北で映画を見たり、食事をしたりしました。

（　　）に適当な言葉を入れましょう。

1. 香港で二階建てバスに（　　　　）ことがあります。

2. 日本のお酒を（　　　　）ことがあります。

3. 富士山に（　　　　）ことがあります。

4. この映画は一度（　　　　）ことがあります。

5. 円山大飯店に（　　　　）ことがあります。

6. 日曜日は部屋を（　　　　）たり、服を（　　　　）します。

7. 昨日はカラオケで（　　　　）たり、（　　　　）しました。

8. 海で魚を（　　　　）、砂浜で（　　　　）しました。

9. 音楽を（　　　　）たり、テレビを（　　　　）します。

10. 友だちに電話を（　　　　）、E-mailを（　　　　）します。

日本語で答えましょう。

1. 私のペットは何匹ですか。

   → _____。

2. 小さい犬はどんな犬ですか。

   → _____。

3. 大きい犬はどんな犬ですか。

   → _____。

4. 小さい犬の名前は何ですか。

   → _____。

5. 大きい犬の名前は何ですか。

   → _____。

6. 小さい犬はどんなことができますか。

   → _____。

7. 大きい犬はどんなことができますか。

   → _____。

8. 私が家に帰ると、コロはどうしますか。

   → _____。

9. この二匹はいつも一緒に何をしますか。

   → _____。

10. 私はこの二匹を連れて、何をしますか。

   → _____。

どちらですか？

1. 私はペットを飼っ（ⓐて　ⓑた）ことがあります。

2. 白い犬（ⓐと　ⓑに）黒い犬がいます。

3. この犬は（ⓐ白いと　ⓑ白くて）小さいです。

4. ゴンは私の手の上（ⓐに　ⓑを）自分の前足を置きます。

5. ゴンはいろいろな芸（ⓐが　ⓑは）できます。

6. コロは（ⓐまた　ⓑまだ）小さいです。

7. 私はコロ（ⓐが　ⓑは）好きです。

8. この二匹はとても（ⓐ仲　ⓑ仲が）よいです。

9. 私は犬（ⓐと　ⓑを）連れて散歩します。

10. 家の中（ⓐに　ⓑが）とても楽しくなります。

正しいですか？

1. 私の家には犬がいます。 （　　）

2. ゴンは白い犬です。 （　　）

3. コロは黒い犬です。 （　　）

4. 二匹の犬は大きいです。 （　　）

5. ゴンは「お回り」をします。 （　　）

6. コロはいつも部屋の中にいます。 （　　）

7. コロは「お手」をします。 （　　）

8. ゴンは犬小屋で寝ます。 （　　）

9. コロは部屋の中で寝ます。 （　　）

10. 私はいつも犬を連れて散歩します。 （　　）

ワンポイント講座18

　　日語表示變化的時候，用「なります」的很多。「い形容詞」時，把「い」變成「く」，「な形容詞」時，把「な」變成「に」就可以。表示過去的時候，把「なります」變成「なりました」。

暑　い　　　　　　　　　　便利　な
　↓　　　　　　　　　　　　　↓
暑　く　なります　　　　　便利　に　なります

練習しましょう

「なります」を使ってください。

1．明日は寒いです。　→ ＿＿＿＿＿＿＿＿＿＿＿＿＿＿＿。

2．日本の物価は高いです。　→ ＿＿＿＿＿＿＿＿＿＿＿＿。

3．春は暖かいです。　→ ＿＿＿＿＿＿＿＿＿＿＿＿＿。

4．秋は涼しいです。　→ ＿＿＿＿＿＿＿＿＿＿＿＿＿。

5．新幹線は速いです。　→ ＿＿＿＿＿＿＿＿＿＿＿＿。

6．ここはにぎやかです。　→ ＿＿＿＿＿＿＿＿＿＿＿。

7．彼は有名です。　→ ＿＿＿＿＿＿＿＿＿＿＿＿＿＿。

8．私は幸せです。　→ ＿＿＿＿＿＿＿＿＿＿＿＿＿＿。

9．彼女は親切です。　→ ＿＿＿＿＿＿＿＿＿＿＿＿＿。

10．手続きは簡単です。　→ ＿＿＿＿＿＿＿＿＿＿＿＿。

　今はインターネット時代です。インターネットを使ってアクセスすると、いろいろな情報が検索できます。ゲームソフトやフリーソフトをダウンロードして、自分のパソコンにインストールすることもできます。自分でホームページを作って、ブログを書いている人も多いです。インターネットでいろいろなページを探して遊ぶことを「ネットサーフィン」と言います。外に出ないで１日中ネットサーフィンする人もいます。

　掲示板も人気があります。特に、「２ちゃんねる」という巨大掲示板は、１度に300万人以上がアクセスできます。この掲示板をよく利用する人は「２ちゃんねらー」です。掲示板に自分の意見を書くことを「書き込み」と言います。ここにはいろいろな人が書き込みして、いろいろな意見が書いてあります。もちろん、悪口や中傷も多いですが。

　今ではインターネットを使って外国語を学ぶこともできます。「ポッドキャスティング（Pod Casting）」と

いうウェブサイトで、日本語も英語も中国語も勉強できます。JapanesePod、EnglishPod、ChinesePodの他、EslPod、CslPodなどが有名です。iPod用の語学学習MP3なので、「Pod」という言葉がついています。iTunesで新しい講義を予約しておくと、自動的にインストールされます。

　でも、怖いのはコンピューターウイルスです。ウイルスはE-mail以外にも、ウェブサイトを開くだけで入って来ることがあります。そのために、パソコンにはアンチウイルスソフトがインストールされています。でも、期限つきなので、期限が切れると、フリーのアンチウイルスソフトや体験版のアンチウイルスソフトを使う人もいます。データ・クラッキングをして、期限つきのソフトをずっと使う人もいます。

　他にも、スパイウェアがあります。スパイウェアはパソコンの中の情報を盗むソフトです。ウイルスとは違うので、アンチウイルスソフトでは検知できないし、駆除もできませんでした。でも、今のアンチウイルスソフトはウイルスにもスパイウェアにも対処できます。

生　詞

①	アクセス　Access	上網
②	〜にアクセスします[自動Ⅲ]	取出(資料)；使用；接近
③	〜を検索します[他動Ⅲ]	搜尋〜
④	フリーソフト　Free Soft	免費軟體
⑤	ホームページ　Home Page	主頁
⑥	ダウンロード　Down Load	下載
	〜を…にダウンロードします[他動Ⅲ]	把〜下載到…
⑦	インストール　Install	安裝
	〜をインストールします[他動Ⅲ]	安裝〜
⑧	ブログ　Blog	網誌
⑨	ネットサーフィン　Net Surfing	網路衝浪
	ネットサーフィンします[自動Ⅲ]	
⑩	掲示板	電子佈告欄系統
⑪	２ちゃんねる	2ch匿名討論社群
⑫	巨大[な形]	巨大的
⑬	書き込み	寫入
	〜を書き込みます[他動Ⅰ複]	寫入〜
⑭	もちろん	當然
⑮	悪口	壞話
	悪口を言います[他動Ⅰ]	說壞話
⑯	中傷	中傷
	〜を中傷します[他動Ⅲ]	中傷〜
⑰	ポッドキャスティング	播客
⑱	ウェブサイト　Website	網站

⑲ ウイルス　Virus 病毒

⑳ アンチウイルス　Anti Virus 掃病毒

㉑ 期限<ruby>期限<rt>き げん</rt></ruby> 期限

期限<ruby>期限<rt>き げん</rt></ruby>が切<ruby>切<rt>き</rt></ruby>れます 期限到期

㉒ 体験版<ruby>体験版<rt>たいけんばん</rt></ruby> 體驗版

㉓ データ・クラッキング　Date Cracking 數據裂化

～クラッキングします[他動Ⅲ] 裂化～；破解～

㉔ スパイウェア　Spy-ware 間諜程式

㉕ ～を盗<ruby>盗<rt>ぬす</rt></ruby>みます[他動Ⅱ] 偷～

㉖ ～を検知<ruby>検知<rt>けん ち</rt></ruby>します[他動Ⅲ] 檢測～

㉗ ～を削除<ruby>削除<rt>さくじょ</rt></ruby>します[他動Ⅲ] 刪掉～

㉘ ～に対処<ruby>対処<rt>たいしょ</rt></ruby>します[他動Ⅲ] 應對～

文 法 説 明

「～ておきます」表示事前準備完了，接他動詞。助詞使用「を」。「～てあります」只表示已經成為某種狀態，多不為說話者的意志行為。助詞多用「が」，有時也使用其他助詞。

> …を ～て おきます
>
> …が ～て あります

日本語で書きましょう。

例. レポート （ を ） （ 出しておきます ）。

1. 黒板に字 （　　　） （　　　　　　　　　）。

2. ホテル （　　　） （　　　　　　　　　）。

3. 晩ご飯 （　　　） （　　　　　　　　　）。

4. 試合の前によく練習 （　　　） （　　　　　　　　　）。

5. 靴 （　　　） （　　　　　　　　　）。

6. 電話料金 （　　　） （　　　　　　　　　）。

7. 壁にカレンダー （　　　） （　　　　　　　　　）。

8. セーター （　　　） （　　　　　　　　　）。

9. ドア （　　　） （　　　　　　　　　）。

10. 必要なもの （　　　） （　　　　　　　　　）。

予約します　　書きます　　かけます　　集めます　　します

洗います　　払います　　作ります　　並べます　　開きます

日本語で答えましょう。

1. どうやって、いろいろな情報が検索しますか。

　　→ _____。

2. ホームページを作って、何をする人が多いですか。

　　→ _____。

3. インストールとは何ですか。

　　→ _____。

4. ネットサーフィンとは何ですか。

　　→ _____。

5. 日本で有名な掲示板は何ですか。

　　→ _____。

6. 外国語を学ぶために、どんなウェブサイトがありますか。

　　→ _____。

7. インターネットで怖いことは何ですか。

　　→ _____。

8. スパイウェアはどんなソフトですか。

　　→ _____。

9. アンチウイルスソフトの期限が切れると、どうしますか。

　　→ _____。

10. どうやってスパイウェアを削除しますか。

　　→ _____。

どちらですか？

1. インターネット（ⓐが　ⓑで）情報が検索できます。
2. ソフト（ⓐが　ⓑを）ダウンロードできます。
3. ホームページ（ⓐの　ⓑに）ブログを書きます。
4. 怖いの（ⓐが　ⓑは）ウイルスです。
5. サイトを開く（ⓐだけ　ⓑだけで）ウイルスが入ります。
6. 期限つき（ⓐので　ⓑなので）、他のソフトを使います。
7. 期限つきのソフトを（ⓐいつも　ⓑずっと）使います。
8. スパイウェアは他の情報（ⓐは　ⓑを）盗みます。
9. ウイルス（ⓐと　ⓑに）違います。
10. ウイルス（ⓐに　ⓑが）対処できます。

正しいですか？

1. インターネットでいろいろな情報が検索できます。（　　　）
2. ブログを書く人があまりいません。（　　　）
3. ネットサーフィンする人はとても多いです。（　　　）
4. インターネットの掲示板は人気があります。（　　　）
5. 掲示板にはよい意見もあります。（　　　）
6. ポッドキャスティングで外国語が勉強できます。（　　　）
7. パソコンにはフリーソフトが入っています。（　　　）
8. データクラッキングする人もいます。（　　　）
9. スパイウェアとウイルスは違います。（　　　）
10. スパイウェアはアンチウイルスソフトで駆除できません。

（　　　）

ワンポイント講座19

　「て見ます」相當於中文的「做～看看」的「看看」。「てしまいます」引起不好的結果時使用。

　　　　～て見ます　　　　做～看看

　　　　～てしまいます　　　不好的結果

練習しましょう

「て見ます」か「てしまいます」を使って文を作ってください。

　例．お金を全部使います。　→　お金を全部使ってしまいました。

　1．財布を落とします。　→　_____。

　2．最近太りました。　→　_____。

　3．先生に聞きます。　→　_____。

　4．彼の牛乳を飲みました。　→　_____。

　5．このボタンを押します。　→　_____。

　6．パソコンが壊れました。　→　_____。

　7．もう少し待ちます。　→　_____。

　8．花瓶を割りました。　→　_____。

　9．日本へ行きます。　→　_____。

　10．砂糖を入れます。　→　_____。

　東京へ行ったことがありますか。東京は日本の首都です。人口は1250万人以上です。でも、家賃が高いですから、隣の埼玉県や千葉県に住んで、東京に通勤する人も多いです。昔、東京は「江戸」と言いました。ですから、昔から東京に住んでいる人を「江戸っ子」と言います。

　東京で一番有名な町は銀座です。銀座は有楽町駅にあります。銀座は高級品店が多くて、有名な料理店や高級デパートがあります。東銀座には歌舞伎座があります。ここで歌舞伎を上演します。

　新宿は一番にぎやかな町です。高層ビルがたくさん立っていて、デパートや娯楽施設が多いです。週末には大勢の人が来ます。夜はサラリーマンがお酒を飲んだり、恋人たちがデートをしたりします。

　原宿はファッションの町です。原宿駅から表参道まで流行ファッションを売るブティックが並び、古美術品店もあります。

　渋谷は若者の町です。駅前には「忠犬ハチ公」の銅像が

あります。学生たちは学校が終わった後、ハチ公の前で友だちと待ち合わせをします。そして、渋谷で遊んだり、映画を見たりします。

　秋葉原は電気製品の町です。パソコンだけではなく、いろいろな家電製品を売っています。ここではどんな部品でも買えます。

　上野には動物園とアメ屋横丁があります。アメ屋横丁は「アメ横」と言います。食料品や衣服やいろいろなものを安く売っています。

　浅草は下町です。地下鉄で行きます。古い建物が残っていて、浅草寺の雷門には大きな提灯が掛かっています。

　築地は世界最大の魚市場です。世界中の魚が集まります。でも、料理屋の人だけが中に入れます。一般の人は、外の場外市場で買い物をします。魚は安くて新鮮です。

　東京はとても便利な所です。みなさんも、行ってみたいですか。

生　詞

①	首都	首都
②	家賃	房租
③	隣	鄰居
④	〜に通勤します[自動Ⅲ]	通車上班
⑤	昔	以前
⑥	江戸っ子	老東京人
⑦	歌舞伎	歌舞伎
⑧	〜を上演します[他動Ⅲ]	上演〜
⑨	高層ビル	高樓、大廈
⑩	娯楽	娯樂
⑪	施設	設施
⑫	大勢	很多
⑬	ファッション	流行
⑭	ブティック	女服裝飾品商店
⑮	古美術	古美術
⑯	若者	年輕人
⑰	忠犬ハチ公	忠犬八公
⑱	銅像	銅像
⑲	待ち合わせ	約會、等候
⑳	〜と待ち合わせをします[他動Ⅲ]	與〜碰頭(約會)
	〜と待ち合わせます[自動Ⅱ]	與〜碰頭(約會)
㉑	電気製品	電器用品
㉒	家電製品	家庭電器用品
㉓	部品	零件

㉔ 横丁<ruby>よこちょう<rt></rt></ruby>　　　　　　　　小巷、胡同

㉕ 提灯<ruby>ちょうちん<rt></rt></ruby>　　　　　　　　燈籠

㉖ 〜が掛<ruby>か<rt></rt></ruby>かります　　　　掛

㉗ 新鮮<ruby>しんせん<rt></rt></ruby>[な形]　　　　　　　新鮮

文　法　説　明

「です」「ます」大都使用於句子終了時。普通形時可使用於各種句型。Ⅱ類動詞把「ます」改爲「る」。Ⅲ類動詞是「する」與「来る」。

~きます→く　　~ちます→つ　　~にます→ぬ

~ぎます→ぐ　　~ります→る　　~みます→む

~します→す　　~います→う　　~びます→ぶ

日本語で書きましょう。

例.　日本語・話します　→　<u>彼は日本語を話す</u>　　　　　　　　　。

1.　海・泳ぎます　→　_____。

2.　ＭＰ３・修理します　→　_____。

3.　辞書・調べます　→　_____。

4.　部屋・入ります　→　_____。

5.　ジュース・買います　→　_____。

6.　英語・できます　→　_____。

7.　ゴミ・捨てます　→　_____。

8.　切手・集めます　→　_____。

9.　電車・乗り換えます　→　_____。

10.　外・出かける　→　_____。

日本語で答えましょう。

1. 東京は日本の何ですか。

   → _____。

2. 東京の人口はどのくらいですか。

   → _____。

3. 昔から東京に住んでいる人を何と言いますか。

   → _____。

4. 東京で一番高級店が多いのはどこですか。

   → _____。

5. 歌舞伎座はどこにありますか。

   → _____。

6. 新宿にはどんなものがありますか。

   → _____。

7. 原宿は何で有名ですか。

   → _____。

8. 渋谷の駅前には何がありますか。

   → _____。

9. 浅草までどうやって行きますか。

   → _____。

10. 築地市場中に誰が入れますか。

   → _____。

どちらですか？

1. 東京は日本（ⓐが　ⓑの）首都です。
2. 東京の家賃（ⓐが　ⓑは）高いです。
3. 銀座は（ⓐ多い　ⓑたくさん）高級品店があります。
4. 週末には新宿（ⓐに　ⓑで）お酒を飲みます。
5. 原宿駅（ⓐから　ⓑ前には）ブティックが並んでいます。
6. 渋谷で友だち（ⓐと　ⓑに）待ち合わせます。
7. 秋葉原には（ⓐ電気製品　ⓑ食料品）が多いです。
8. 浅草は（ⓐ地下鉄で　ⓑ電車で）行きます。
9. 築地（ⓐに　ⓑで）いろいろ魚が集まります。
10. 東京は（ⓐ便利な　ⓑ便利に）所です。

正しいですか？

1. 埼玉や千葉から通勤する人も多いです。　　　　（　　　）
2. 歌舞伎座は銀座にはありません。　　　　　　　（　　　）
3. 新宿にはデパートがたくさんあります。　　　　（　　　）
4. 秋葉原には古美術品店もあります。　　　　　　（　　　）
5. 原宿にはブティックが少ないです。　　　　　　（　　　）
6. 渋谷はサラリーマンが多いです。　　　　　　　（　　　）
7. 浅草は古い町です。　　　　　　　　　　　　　（　　　）
8. 上野のアメ横には動物園があります。　　　　　（　　　）
9. 浅草寺には大きな提灯があります。　　　　　　（　　　）
10. 一般の人は築地の中に入れません。　　　　　　（　　　）

ワンポイント講座20

い形容詞的普通形去掉「です」即可。な形容詞的普通形將「です」改爲「だ」。

暑いです	→ 暑い	暑かった
暑くないです	→ 暑くない	暑くなかった
静かです	→ 静かだ	静かだった
静かではないです	→ 静かではない	静かではなかった

練習しましょう

下から選んでください。

例. きのうは（　暑かった　）。

1. 彼は背が（　　　　　）。

2. 今はにぎやかですが、昔は（　　　　　）。

3. 昨日桜を見ましたが、とても（　　　　　）。

4. 駅から近いので、とても（　　　　　）。

5. 前の家はもっと（　　　　　）。

6. 一人では（　　　　　）。

7. 朝早かったので、ちょっと（　　　　　）。

8. 先週の仕事は（　　　　　）。

9. 私の部屋は少し（　　　　　）。

10. 私はもう（　　　　　）。

眠いです　高いです　きれいです　広いです　危ないです
便利です　大変です　寂しいです　狭いです　若いです

　日本のアニメは有名です。今、世界中で日本のアニメが放映されています。ヨーロッパでも大人気です。

　日本の本格的なアニメは手塚治虫の「鉄腕アトム」と、横山光輝の「鉄人28号」から始まりました。手塚治虫は「虫プロダクション」という会社を設立して、アニメをたくさん作りました。長谷川町子の「サザエさん」も有名でした。「サザエさん」は庶民の生活を面白く描いたものです。その他、赤塚不二夫の「元祖天才バカボン」も人気がありました。

　それから、「宇宙戦艦ヤマト」や、「機動戦士ガンダム」、「新世紀エヴァンゲリオン」など、ＳＦ戦闘物が放映されました。他に、モンキーパンチ原作の痛快な冒険アニメ「ルパン三世」が人気を呼びました。

　映画のアニメでは、宮崎駿が「風の谷のナウシカ」、「となりのトトロ」、「千と千尋の神隠し」など、次々とヒット作品を作り出しています。テレビのアニメでは鳥山明の「ドラゴン・ボール」や、藤子・Ｆ・不二雄の「ドラ

えもん」、さくらももこの「ちびまる子ちゃん」、田尻智の「ポケット・モンスター」などがあります。

これ以外にも、漫画が原作のテレビドラマもたくさんあります。

どうして日本のアニメは人気があるのでしょうか。アンケートを取ると、「創造力がある」、「夢のあるストーリー」、「繊細な絵」などの理由が挙げられました。でも、それだけではないと思います。日本のアニメの魅力は、何と言っても、キャラクターが魅力的なことだと思います。

現在は情報化社会です。情報化社会は「ヴィジュアル化の時代」だと言います。アニメのキャラクターは内部にある複雑な個性を、単純なものにして表面に出したものです。つまり、アニメのキャラクターは単純で格好いいのです。「Simple is beautiful」という時代の要請にマッチしているのです。そのため、キャラクターグッズが世界中で売れ、大きな市場を形成しています。

アニメのキャラクターは、言語や国境、世代を超える力を持っていると思います。

みなさんは、どう思いますか。

生　詞

① キャラクター　Character　　　　　性格、性質、登場人物

② ～を放映します[他動Ⅲ]　　　　　放映、播放

③ 本格的[な形]　　　　　　　　　　正式的

④ 鉄腕アトム　　　　　　　　　　　鐵腕小金剛、鐵臂阿童木

⑤ 鉄人２８号　　　　　　　　　　　鐵人28號

⑥ ～を設立します[他動Ⅲ]　　　　　設立～

⑦ サザエさん　　　　　　　　　　　蠑螺小姐

⑧ 庶民　　　　　　　　　　　　　　百姓

⑨ ～を描きます[他動Ⅰ]　　　　　　描繪～

⑩ 元祖天才バカボン　　　　　　　　元祖天才笨老爹

⑪ 宇宙戦艦ヤマト　　　　　　　　　宇宙戰艦大和號

⑫ 機動戦士ガンダム　　　　　　　　機動戰士高達

⑬ 新世紀エヴァンゲリオン　　　　　新世紀福音戰士

⑭ ルパン三世　　　　　　　　　　　魯邦三世

⑮ 風の谷のナウシカ　　　　　　　　風之谷

⑯ となりのトトロ　　　　　　　　　龍貓豆豆龍

⑰ 千と千尋の神隠し　　　　　　　　神隱少女

⑱ ドラゴン・ボール　　　　　　　　七龍珠

⑲ ドラえもん　　　　　　　　　　　多啦A夢

⑳ ちびまる子ちゃん　　　　　　　　櫻桃小丸子

㉑ ポケット・モンスター　　　　　　寵物小精靈

㉒ 原作　　　　　　　　　　　　　　原著

㉓ 創造力　　　　　　　　　　　　　創造力

㉔ 夢　　　　　　　　　　　　　　　夢、夢想、夢幻、理想

㉕ 繊細[な形]　　　　　　　　　纖細的

㉖ 〜を挙げます[他動Ⅱ]　　　　舉出、列舉、舉例

㉗ 魅力　　　　　　　　　　　　魅力

㉘ 何と言っても　　　　　　　　不管怎麼說、畢竟

㉙ ヴジュアル　Visual　[な形]　視力的；視覺的

㉚ 複雑[な形]　　　　　　　　　複雜

㉛ 個性　　　　　　　　　　　　個性

㉜ 単純[な形]　　　　　　　　　單純

㉝ 表面　　　　　　　　　　　　表面

㉞ つまり　　　　　　　　　　　總之、亦即

㉟ 格好（が）いい[連語]　　　　樣子好、外形好

㊱ 要請　　　　　　　　　　　　請求、要求

㊲ 〜にマッチします[自動Ⅲ]　　跟〜合適

㊳ グッズ　Goods　　　　　　　商品

㊴ 〜を形成します[他動Ⅲ]　　　形成〜

㊵ 国境　　　　　　　　　　　　國界

㊶ 世代　　　　　　　　　　　　世代

㊷ 〜を超えます[他動Ⅱ]　　　　超越〜

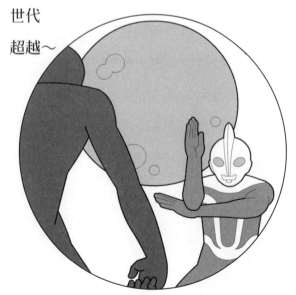

文 法 說 明

　　日語「～と思います」的前面一定是普通體。表示推量、判斷時，用「＋と思います」，表示自己的意志的時候，用「＋と思います」。表示自己的意志、自己的感情，不使用「と思います」。

> 動詞普通體　と思います　　→　　推量，判斷
>
> 動詞意志形　と思います　　→　　自己的意志

日本語で書きましょう。

下から選んでください。必要なら、形を変えてください。

1. 私はあした国へ（　　　　　　）と思います。
2. 李さんは英語が（　　　　　　）と思います。
3. 彼はいつも自分で服を（　　　　　）と思います。
4. 今日は雨が（　　　　　）と思います。
5. もうすぐバスが（　　　　　）と思います。
6. 私は地下鉄で（　　　　　）と思います。
7. あした荷物が（　　　　　）と思います。
8. 今日はフランス料理を（　　　　　）と思います。
9. 公園を（　　　　　）と思います。
10. 彼女は学校を（　　　　　）と思います。

| 帰（かえ）ります | 洗（あら）います | 行（い）きます | 休（やす）みます | 降（お）ります |
| 食（た）べます | 来（き）ます | 届（とど）きます | できます | 散歩（さんぽ）します |

日本語で答えましょう。

1．最初、日本にはどんなアニメがありましたか。

　　→ ＿＿＿＿＿＿＿＿＿＿＿＿＿＿＿＿＿＿＿＿＿＿＿＿＿＿＿＿＿＿。

2．手塚治虫の会社は何と言いますか。

　　→ ＿＿＿＿＿＿＿＿＿＿＿＿＿＿＿＿＿＿＿＿＿＿＿＿＿＿＿＿＿＿。

3．「サザエさん」はどんなアニメですか。

　　→ ＿＿＿＿＿＿＿＿＿＿＿＿＿＿＿＿＿＿＿＿＿＿＿＿＿＿＿＿＿＿。

4．赤塚不二夫のアニメは何ですか。

　　→ ＿＿＿＿＿＿＿＿＿＿＿＿＿＿＿＿＿＿＿＿＿＿＿＿＿＿＿＿＿＿。

5．その後、どんなアニメが流行しましたか。

　　→ ＿＿＿＿＿＿＿＿＿＿＿＿＿＿＿＿＿＿＿＿＿＿＿＿＿＿＿＿＿＿。

6．「ルパン三世」はどんなアニメですか。

　　→ ＿＿＿＿＿＿＿＿＿＿＿＿＿＿＿＿＿＿＿＿＿＿＿＿＿＿＿＿＿＿。

7．映画のアニメでは、誰が有名ですか。

　　→ ＿＿＿＿＿＿＿＿＿＿＿＿＿＿＿＿＿＿＿＿＿＿＿＿＿＿＿＿＿＿。

8．アニメはどうして人気があると思いますか。

　　→ ＿＿＿＿＿＿＿＿＿＿＿＿＿＿＿＿＿＿＿＿＿＿＿＿＿＿＿＿＿＿。

9．アニメは時代のどんな要求にマッチしていますか。

　　→ ＿＿＿＿＿＿＿＿＿＿＿＿＿＿＿＿＿＿＿＿＿＿＿＿＿＿＿＿＿＿。

10．アニメのキャラクターはどんな力を持っていますか。

　　→ ＿＿＿＿＿＿＿＿＿＿＿＿＿＿＿＿＿＿＿＿＿＿＿＿＿＿＿＿＿＿。

どちらですか？

1. 日本（ⓐの　ⓑで）アニメは有名です。
2. 世界中でアニメ（ⓐが　ⓑを）放映されています。
3. 「鉄人２８号」（ⓐから　ⓑを）始まりました。
4. 庶民の生活を（ⓐ面白く　ⓑ面白い）描きました。
5. 次々（ⓐで　ⓑと）ヒット作品を作り出しています。
6. これ以外（ⓐに　ⓑは）、たくさんあります。
7. 何（ⓐと　ⓑを）言っても、これが最高です。
8. アニメの魅力はキャラクター（ⓐがあります　ⓑです）。
9. 単純（ⓐと　ⓑで）格好いいです。
10. キャラクターグッズが（ⓐ売れて　ⓑ売って）います。

正しいですか？

1. 最初のアニメ会社は「虫プロダクション」です。　　（　　　）
2. 長谷川町子は「サザエさん」の作者です。　　　　　（　　　）
3. 「元祖天才バカボン」は有名でした。　　　　　　　（　　　）
4. 「宇宙戦艦ヤマト」はＳＦアニメです。　　　　　　（　　　）
5. 情報化時代はヴィジュアル化の時代です。　　　　　（　　　）
6. 「機動戦士ガンダム」は痛快な冒険アニメです。　　（　　　）
7. 「Simple is beautiful」は情報化時代の要請です。（　　　）
8. アニメの最大の魅力はキャラクターです。　　　　　（　　　）
9. キャラクターの個性は単純です。　　　　　　　　　（　　　）
10. キャラクターグッズは大きな市場を持っています。（　　　）

　　不知道對象的名稱時，用「～という…」。這個句型相當於中文
的「叫做」、「稱爲」。

　　　　「木下」という　場所　　　「赤山」という　山

　　　　叫做「木下」的地方　　　　叫做「赤山」的山

練習しましょう

例．これ・「タンポポ」・花　→　これは「タンポポ」という花です。

1．ここ・「雪山」・山　→ _____。

2．あれ・「菖蒲」・花　→ _____。

3．それ・「シロ」・犬　→ _____。

4．「ぎふ」・所・行きます　→ _____。

5．これ・「ペンチ」・道具　→ _____。

6．それ・「KHA」・会社　→ _____。

7．日本の「ちくわ」・もの・食べました

　　→ _____。

8．フランスの「ラ・ムーン」・映画・見ました

　　→ _____。

9．アメリカの「ミシガン湖」・湖・泳ぎました

　　→ _____。

10．「きしめん」・麺・食べたことがあります

　　→ _____。

　日本で寿司は人気がありますが、ラーメンも人気があり、「国民食」と言われています。ラーメンは中国から来ました。でも、日本のラーメンと中国のラーメンは違っています。今まで、日本は外国からいろいろな文化を取り入れましたが、日本に入った後、日本式に改良します。ラーメンもその内の1つです。

　日本は狭いですが、南北に長いので、気候や風土が多様です。ですから、各地にいろいろなラーメンがあります。特に、札幌の味噌ラーメン、旭川の塩ラーメン、東京の醤油ラーメン、博多の豚骨ラーメンなどが有名です。他に、カレーラーメンや、冷やし中華などもあります。日本人は次々に新しいラーメンを開発し、店によっても独特のラーメンを作っています。

　インスタント・ラーメンもたくさんあります。世界で最初にインスタント・ラーメンを作った人は台湾系日本人の安藤百福さんです。それは「チキン・ラーメン」でした。今、インスタント・ラーメンは毎年160億食生産され、

110億食が外国にも輸出されています。

　ラーメンに入れるものを「具」と言います。いろいろな具がありますが、豚肉で作ったチャーシュー、シナチク、刻み葱、ゆで卵、海苔、鳴門巻などがよく使われます。それらが麺の上にきれいに並べられて出されます。

　日本人はラーメンを食べる時、まず香りをかぎます。食欲を高めるためです。次に、スープを味わいます。口の中でスープのおいしさと味の余韻を確かめるのです。この時、胡椒を入れて、味を調整する人もいます。それから、麺を食べ始めます。食べる時は、麺の味と歯ごたえに注目します。この歯ごたえを「腰」と言います。日本人は腰の強い麺が好きです。食べるスピードは少し速いです。ゆっくり食べると、麺が柔らかくなり、おいしくなくなるからです。麺を食べている途中、味を変えるために具を食べます。ゆで卵を最後に食べる人が多いそうです。ラーメンが好きな人はスープまで全部飲んで、少しも残しません。全部食べて初めて満足するのです。これが、ラーメン通の食べ方だそうです。

生　詞

①	違います[自動Ⅰ]	不一様
	～と違います	跟～不一様
②	～を取り入れます[他動Ⅰ・複]	吸收；採取
③	～を改良します[他動Ⅲ]	改良
④	狭い[い形]	窄的
⑤	多様[な形]	多様
⑥	各地	各地
⑦	冷やし中華	中華涼麵
⑧	独特	獨特
⑨	国民食	國民食
⑩	具	配料
⑪	チャーシュー	叉燒
⑫	シナチク	筍乾
⑬	刻み葱	葱花
⑭	ゆで卵	水煮蛋
⑮	海苔	海苔
⑯	鳴門巻	長崎的魚漿捲
⑰	～を並べます[他動Ⅱ]	排列
⑱	香り	香味
⑲	～をかぎます[他動Ⅰ]	聞～
⑳	食欲	食慾
㉑	～を高めます[他動Ⅱ]	提高
㉒	～を味わいます[他動Ⅰ]	品嚐
㉓	余韻	餘味

㉔ 〜を確かめます[他動Ⅱ] 　　　　確認〜

㉕ 胡椒 　　　　　　　　　　　　　胡椒

㉖ 〜を調整する[他動Ⅲ] 　　　　　調整

㉗ 歯ごたえ 　　　　　　　　　　　嚼頭

㉘ スピード 　　　　　　　　　　　速度

㉙ 柔らかい[い形] 　　　　　　　　柔軟

㉚ 途中 　　　　　　　　　　　　　途中

㉛ 〜ため（に）　　　　　　　　　 為了〜

㉜ 〜を残します 　　　　　　　　　剩下〜

㉝ 〜て初めて… 　　　　　　　　　〜才…

㉞ 〜通 　　　　　　　　　　　　　〜通

文 法 說 明

　　日語的被動表現，Ⅰ類動詞在あ段接「れます」，Ⅱ類動詞把「ます」變成「られます」即可。Ⅲ類動詞是特殊變化。

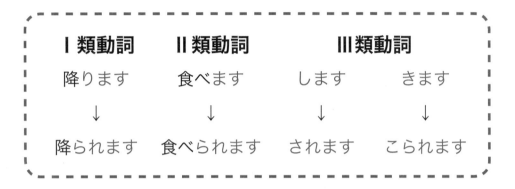

Ⅰ類動詞	Ⅱ類動詞	Ⅲ類動詞	
降ります	食べます	します	きます
↓	↓	↓	↓
降られます	食べられます	されます	こられます

日本語で書きましょう。

受身文を作ってください。

　例. 雨・降ります。　→　<u>雨に降られます</u>　　　　　　。

　1. 荷物・運びました　→　_____。

　2. 写真・撮りました　→　_____。

　3. 応接室・案内します　→　_____。

　4. 道・聞きました　→　_____。

　5. 手紙・届けました　→　_____。

　6. 会議・開いています　→　_____。

　7. 私・社長・選びます　→　_____。

　8. 彼女・1時間・待ちます　→　_____。

　9. 帽子・風・飛ばしました　→　_____。

　10.髪・風・吹いています　→　_____。

日本語で答えましょう。

1. ラーメンは日本で何と言われていますか。

   →　_____。

2. 日本のラーメンは中国のラーメンと同じですか。

   →　_____。

3. 日本にはどんなラーメンが有名ですか。

   →　_____。

4. インスタント・ラーメンは毎年どのくらい作られていますか。

   →　_____。

5. ラーメンの具にはどんなものがありますか。

   →　_____。

6. ラーメンを食べる時、最初にどうしますか。

   →　_____。

7. どうやって、スープを味わいますか。

   →　_____。

8. 日本人はどんな麺が好きですか。

   →　_____。

9. 日本人はどうして早くラーメンを食べますか。

   →　_____。

10. ラーメン通の人はどんな食べ方をしますか。

   →　_____。

どちらですか？

1. 日本（ⓐは　ⓑで）ラーメンは人気があります。

2. 日本のラーメン（ⓐは　ⓑと）中国のラーメンは違います。

3. 日本式（ⓐで　ⓑに）改良します。

4. ラーメンもその内（ⓐが　ⓑの）１つです。

5. 麺をきれい（ⓐな　ⓑに）並べて出します。

6. 麺の歯ごたえと味（ⓐに　ⓑを）注目します。

7. （ⓐ全部　ⓑ全部が）飲みます。

8. （ⓐ食べる　ⓑ食べるの）時、まず香りをかぎます。

9. スープを（ⓐ少し　ⓑ少しも）残します。

10. ラーメン通の（ⓐ食べる　ⓑ食べ）方だそうです。

正しいですか？

1. ラーメンは中国から来ました。　　　　　　（　　）

2. 日本人は外国から来た文化を改良します。　（　　）

3. 日本の各地にいろいろなラーメンを食べます。（　　）

4. ラーメンを食べる時、最初に麺を食べます。（　　）

5. 毎年インスタント・ラーメンを５０億食食べます。（　　）

6. スープの次に、胡椒を食べます。　　　　　（　　）

7. 早く食べないと、麺がおいしくなくなります。（　　）

8. 日本人は柔らかいラーメンが好きです。　　（　　）

9. 最後にラーメンの具を食べます。　　　　　（　　）

10. ラーメン通は少しスープを残します。　　　（　　）

表示行爲的前後時用，「前に」「後に」。

動詞原形　＋　前に　→　動詞　＋　以前

動詞た形　＋　後に　→　動詞　＋　以後

練習しましょう

「前に」か「後に」を使ってください。

例. 手を（　洗った後に　）、ご飯を食べます。

1. 家に（　　　　　　　　）、靴を脱ぎます。

2. 仕事を（　　　　　　　　）、みんなで飲みに行きます。

3. テストが（　　　　　　　　）、遊びます。

4. 電車に（　　　　　　　　）、切符を買います。

5. （　　　　　　　　）、歯をみがきます。

6. 試験を（　　　　　　　　）、よく勉強します。

7. （　　　　　　　　）、国へ帰ります。

8. 高いものを（　　　　　　　　）、よく調べます。

9. 友だちの家へ（　　　　　　　　）、電話をかけます。

10. 本を（　　　　　　　　）、寝ます。

入_{はい}ります　受_うけます　終_おわります　します　寝_ねます
買_かいます　行_いきます　卒業_{そつぎょう}します　乗_のります　読_よみます

第二十三課　一年の行事

　日本の暦は新暦です。明治時代以前は旧暦でしたが、明治になると、新暦になりました。暦は変わりましたが、昔の習慣は残っています。

　1月1日は正月です。正月になると、みんなは神社やお寺に参拝して、去年のことを感謝し、今年1年の無事を祈ります。

　1月11日になると、鏡開きをします。鏡開きとは、正月に供えた鏡餅をお雑煮にして食べる行事です。

　成人の日は1月の第2日曜日です。この日は成人式があります。日本では、毎年成人を迎える人が140万人くらいいます。成人式に出る時、女性は晴れ着を着ます。そして、記念写真を撮ります。

　2月11日は日本の建国記念日です。この日は、国旗を飾ります。

　3月3日になると、雛祭りです。これは中国から来た習慣です。雛祭りは女の子の節句です。お雛様の人形を飾ってお祝いをします。

　4月の終わりから5月の初めまで、1週間くらい休みが続

きます。これを「ゴールデン・ウィーク（Golden Week）」と言います。この時期には海外旅行する人が多いです。

　5月5日は端午の節句です。これも中国から来た習慣です。日本では男の子の節句で、「子供の日」とも言います。鯉のぼりを上げます。

　5月の第2日曜日は母の日です。母の日には、母親にプレゼントを贈って感謝を表します。

　6月の第3日曜日は父の日です。父親にネクタイやネクタイピン、ベルトを贈る人が多いです。

　旧暦の7月15日になると、お盆です。お盆になると、多くの人が故郷へ帰って先祖の墓参りをします。夕方、お寺の境内で盆踊りをします。

　12月25日はクリスマスです。クリスマスには、みんなでクリスマスケーキを食べ、いろいろなことをして遊びます。外は寒いですから、あまり外へ出かけません。みんな、家で過ごします。

　毎年12月31日は大晦日です。大晦日になると、テレビで紅白歌合戦を見た後、除夜の鐘を聞きながら年越しソバを食べます。そして、家族みんなで新年を迎えます。

生　詞

①	暦	日曆
②	新暦	新曆
③	旧暦	舊曆
④	明治時代	明治時代
	江戸時代	江戶時代
	大正時代	大正時代
	昭和時代	昭和時代
⑤	神社	神社
⑥	お寺	寺院
⑦	無事	平安
⑧	～に参拝します[自動Ⅲ]	參拜～
⑨	～に～を感謝します[他動Ⅲ]	感謝～
⑩	～に～を祈ります[他動Ⅰ]	祈願～
⑪	～に～を供える[他動Ⅱ]	獻～
⑫	鏡開き	吃供神的年糕
⑬	鏡餅	圓形年糕
⑭	お雑煮	燴年糕
⑮	行事	儀式
⑯	～を迎えます[他動Ⅱ]	迎接～
⑰	成人	成人
⑱	晴れ着	盛裝
⑲	建国記念日	國慶節
⑳	国旗	國旗
㉑	雛祭り	女孩節

㉒ 〜を飾ります[他動Ⅰ] 　　　　装飾〜

㉓ お祝い 　　　　　　　　　　祝賀

㉔ 鯉のぼり 　　　　　　　　　鯉魚旗

㉕ ゴールデン・ウィーク 　　　黄金週

㉖ 時期 　　　　　　　　　　　時期

㉗ ネクタイ 　　　　　　　　　領帯

㉘ お盆 　　　　　　　　　　　盂蘭盆會

㉙ 先祖 　　　　　　　　　　　祖先

㉚ 盆踊り 　　　　　　　　　　盂蘭盆會舞

㉛ 大晦日 　　　　　　　　　　除夕

㉜ 紅白歌合戦 　　　　　　　　紅白歌會

㉝ 除夜の鐘 　　　　　　　　　除夕的鐘

㉞ 年越しソバ 　　　　　　　　除夕蕎麥

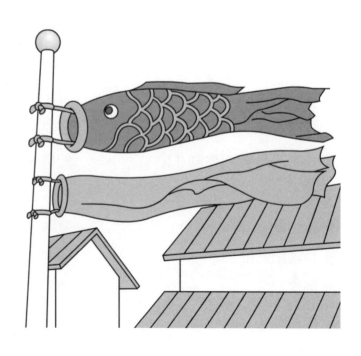

文 法 說 明

　　修飾名詞時用「の」，但成語不使用「の」。な形容詞用「な」。い形容詞用「い」，與動詞用普通體。

名　　詞　　　　の　　　名詞
な形容詞　　　　な　　　名詞
い形容詞　　　　い　　　名詞
動詞普通體　　　　　　　名詞

日本語で書きましょう。

受身文を作ってください。

例. それ・私・時計　→　それは私の時計です_____。

1. 今日・読みます・本・これ　→　_____。

2. おいしい・お酒・飲みます　→　_____。

3. 近所・静か・ところ　→　_____。

4. 独身・人・結婚しません　→　_____。

5. 前に・行きました・場所　→　_____。

6. 眠い・時、すぐ寝ます　→　_____。

7. きれい・絵・買いました　→　_____。

8. これ・ペット・猫　→　_____。

9. 私・出しました・レポート　→　_____。

10. 簡単・試験・受けました　→　_____。

日本語で答えましょう。

1. 明治以前、日本の暦はどうでした。

   → _____。

2. 今でも昔の習慣が残っていますか。

   → _____。

3. 正月に、みんなはどんなことをしますか。

   → _____。

4. 鏡開きには何をしますか。

   → _____。

5. 成人式で女性は何を着て何をしますか。

   → _____。

6. ゴールデン・ウィークはいつからいつまでですか。

   → _____。

7. お盆になると、どんなことをする人が多いですか。

   → _____。

8. クリスマスには何をしますか。

   → _____。

9. 大晦日は何を見ますか。

   → _____。

10. 何をしながら年越しソバを食べますか。

   → _____。

どちらですか？

1．昔、日本の暦は（ⓐ新暦　ⓑ旧暦）でした。

2．鏡開きは鏡餅を（ⓐ食べる　ⓑ割る）ことです。

3．神社に参拝して、（ⓐ今年　ⓑ来年）の無事を祈ります。

4．毎年（ⓐだいたい　ⓑ必ず）140万人が成人になります。

5．雛祭りは女の子（ⓐだけ　ⓑしか）の節句です。

6．休みが1週間くらい（ⓐ続き　ⓑ続け）ます。

7．端午の節句は中国（ⓐへ　ⓑから）来ました。

8．母の日は毎年（ⓐ同じです　ⓑ違います）。

9．外は寒いので（ⓐ少し　ⓑあまり）出かけません。

10．テレビを（ⓐ見て　ⓑ見た）からソバを食べます。

正しいですか？

1．正月になると鏡開きをします。　　　　　　　（　　　）

2．端午の節句は毎年5月5日です。　　　　　　（　　　）

3．母の日には花をあげます。　　　　　　　　　（　　　）

4．毎年の7月15に墓参りします。　　　　　　（　　　）

5．父の日には父親にプレゼントをもらいます。　（　　　）

6．成人の日は毎年同じではありません。　　　　（　　　）

7．お盆には神社で盆踊りをします。　　　　　　（　　　）

8．父の日にはたいていネクタイなどを贈ります。（　　　）

9．クリスマスにはみんなで食事に行きます。　　（　　　）

10．紅白歌合戦を見ながら年越しソバを食べます。（　　　）

表示時間的左右時，用「ころ」或者「ごろ」。表示数量左右時，用「くらい」或者「ぐらい」。

時間　　　　ころ／ごろ

数量　　　くらい／ぐらい

練習しましょう

「ころ」か「くらい」を使い、下から語句を選んで文を作ってください。

例．明日の３時（　ごろ電話します　）。

1. コピーが１０枚（　　　　　　　　　　）。

2. 引っ越しには、１０万円（　　　　　　　　）。

3. 毎日ジョギングで２キロ（　　　　　　　　）。

4. あなたにも１つ（　　　　　　　　　）。

5. 彼はご飯を１０杯（　　　　　　　　　）。

6. 今年の春節は２月の初め（　　　　　　　　）。

7. 私は３年（　　　　　　　　）。

8. お昼（　　　　　　　　）。

9. 夕べ、ビールを５本（　　　　　　　　）。

10. 来週の日曜日（　　　　　　　　）。

かかります　いります　国<ruby>国<rt>くに</rt></ruby>へ帰<ruby>帰<rt>かえ</rt></ruby>ります　食<ruby>食<rt>た</rt></ruby>べます　飲<ruby>飲<rt>の</rt></ruby>みました
日本<ruby>日本<rt>にほん</rt></ruby>にいました　あげます　走<ruby>走<rt>はし</rt></ruby>ります　です　友<ruby>友<rt>とも</rt></ruby>だちが来<ruby>来<rt>き</rt></ruby>ます

　　今日は田中さんが私に日本料理の「会席料理」をごちそうしてくれました。私は田中さんに、日本料理のことを教えてもらいました。日本料理の店を「割烹」とか、「料亭」とか言います。「割烹」では、お客さんはカウンターの前に座り、料理作りを見ることができます。「料亭」では、お客さんは個室の中で料理を食べます。料理を作る人は「板前」と言います。板前で一番偉い人は「花板」です。

　　「懐石料理」が宴会のコース料理になったのが、「会席料理」だそうです。懐石料理は茶会の時、お茶を飲む前に食べる料理ですが、会席料理は宴会でお酒を楽しむための料理です。ですから、懐石料理では最初にご飯が出ますが、会席料理では最初に前菜が出ます。

　　前菜は先付けとも言います。次に吸い物が出ます。吸い物には白身魚や野菜、キノコが入っています。それから、お刺身が出ます。でも、結婚式の時は「刺身」とは言わず、「お造り」と言います。それは、「刺」という字に悪

い意味があるからだそうです。

　その後、焼き物が出ます。魚の塩焼きか、照り焼きが多いです。牛肉が出ることもあります。それから、煮物と揚げ物です。煮物は海のものと山のものです。揚げ物は材料をそのまま揚げる「素揚げ」か、小麦粉や片栗粉をつけて揚げる「唐揚げ」です。野菜と魚が多いです。

　蒸し物は茶碗蒸しか、土瓶蒸しです。それから、酢の物が出ます。ご飯の前に、味覚を調整するためです。

　最後に、ご飯、みそ汁、漬け物が出ます。これで料理は終わりです。食べ終わると、テーブルの上がすべて片づけられて、デザートに水菓子が出ます。果物が出る時もあります。

　日本料理は季節によって、いろいろな食材を使います。海で取れる食材を「海の幸」と言います。山で取れる食材を「山の幸」と言います。卵など、庭で取れる食材は「庭の幸」です。1つ1つの料理は、味は薄いですが、とても洗練されています。また食べてみたいです。

生　詞

①	ごちそうします[他動Ⅲ]	請客
②	会席料理	會席菜
③	割烹、料亭	日式(烹調)餐館、日式酒家
④	カウンター	櫃檯
⑤	個室	單人房間、單間
⑥	板前	廚師
⑦	花板	廚師長
⑧	偉い	偉大
⑨	コース料理	合菜
⑩	茶会	茶會
⑪	～を楽しみます[他動Ⅰ]	享受、欣賞
⑫	前菜	前菜
⑬	吸い物	日式清湯
⑭	白身魚	白肉魚
⑮	焼き物	烤菜
	塩焼き、照り焼き	鹽烤、加醬油和酒烤
⑯	煮物	煮的菜肴
⑰	～を揚げます[他動Ⅱ]	炸～
⑱	揚げ物	炸的菜肴
	素揚げ、唐揚げ	素炸(不加其他的料)、中國式炸雞
⑲	蒸し物	蒸的菜肴
	茶碗蒸し、土瓶蒸し	蒸蛋、陶壺燉的菜肴
⑳	酢の物	醋拌涼菜
㉑	味覚	味覺

㉒ 調整<ruby>調整<rt>ちょうせい</rt></ruby>　　　　　　　　調整

㉓ みそ<ruby>汁<rt>しる</rt></ruby>　　　　　　　　　　醬湯

㉔ <ruby>漬<rt>つ</rt></ruby>け<ruby>物<rt>もの</rt></ruby>　　　　　　　　　　醬菜

㉕ <ruby>食材<rt>しょくざい</rt></ruby>　　　　　　　　　　飲食材料

㉖ <ruby>洗練<rt>せんれん</rt></ruby>します[他動Ⅲ]　　　　精練

文 法 說 明

「～そうです」有「聽說～」或者「看起來～」的意思。

おいし　　そうです　　看起來好吃

おいしい　そうです　　聽說好吃

便利　　　そうです　　看起來便宜

便利だ　　そうです　　聽說便宜

食べ　　　そうです　　看起來吃

食べる　　そうです　　聽說吃

日本語で書きましょう。

例. 試験に合格して、彼は（　うれしそうです　）。

1. 日本は物価が（　　　　　　　　）。

2. 明日は雨が（　　　　　　　　）。

3. 疲れたので、彼はもう（　　　　　　　　）。

4. 彼の家は駅に近くて（　　　　　　　　）。

5. あのモデルは日本でも（　　　　　　　　）。

6. この映画は（　　　　　　　　）。

7. 士林の夜市は（　　　　　　　　）。

8. 日本語の試験は（　　　　　　　　）。

9. 次の土曜日は学校が（　　　　　　　　）。

10. 台湾に来る時、円山大飯店に（　　　　　　　　）。

便利です　帰ります　降ります　休みです　にぎやかです
高いです　有名です　簡単です　泊ります　面白いです

日本語で答えましょう。

1. 誰にごちそうしてもらいましたか。

  → ＿＿＿＿＿＿＿＿＿＿＿＿＿＿＿＿＿＿＿＿＿＿＿＿＿。

2. 日本料理の店を何と言いますか。

  → ＿＿＿＿＿＿＿＿＿＿＿＿＿＿＿＿＿＿＿＿＿＿＿＿＿。

3. 日本料理を作る人を何と言いますか。

  → ＿＿＿＿＿＿＿＿＿＿＿＿＿＿＿＿＿＿＿＿＿＿＿＿＿。

4. 「懐石料理」と「会席料理」はどう違いますか。

  → ＿＿＿＿＿＿＿＿＿＿＿＿＿＿＿＿＿＿＿＿＿＿＿＿＿。

5. 「懐石料理」では最初に何が出ますか。

  → ＿＿＿＿＿＿＿＿＿＿＿＿＿＿＿＿＿＿＿＿＿＿＿＿＿。

6. 吸い物には何が入っていますか。

  → ＿＿＿＿＿＿＿＿＿＿＿＿＿＿＿＿＿＿＿＿＿＿＿＿＿。

7. お刺身は結婚式の時、何と言いますか。

  → ＿＿＿＿＿＿＿＿＿＿＿＿＿＿＿＿＿＿＿＿＿＿＿＿＿。

8. 焼き物と蒸し物と、どちらが先に出ますか。

  → ＿＿＿＿＿＿＿＿＿＿＿＿＿＿＿＿＿＿＿＿＿＿＿＿＿。

9. ご飯の前に、どうして酢の物を出しますか。

  → ＿＿＿＿＿＿＿＿＿＿＿＿＿＿＿＿＿＿＿＿＿＿＿＿＿。

10. 庭でとれる食材は何ですか。

  → ＿＿＿＿＿＿＿＿＿＿＿＿＿＿＿＿＿＿＿＿＿＿＿＿＿。

どちらですか？

1. 私は田中さんに日本料理のことを（ⓐ教え　ⓑ習い）ました。

2. 料亭では（ⓐ個室　ⓑカウンター）で料理を食べます。

3. 花板は料理長（ⓐです　ⓑではありません）。

4. 懐石料理は（ⓐお茶　ⓑお酒）を飲む時に食べました。

5. 会席料理はコース料理（ⓐです　ⓑではありません）。

6. 結婚式の時は（ⓐお刺身　ⓑお造り）と言います。

7. 焼き物には牛肉（ⓐもあります　ⓑはありません）。

8. 素揚げは、そのまま（ⓐ揚げます　ⓑ揚げません）。

9. デザート（ⓐには　ⓑでは）果物もあります。

10. 季節に（ⓐよれば　ⓑによって）食材が違います。

正しいですか？

1. 板前で一番偉い人は「花板」です。　　　　　（　　　）

2. 懐石料理はお酒を飲む時に食べます。　　　　（　　　）

3. 会席料理では最初にご飯が出ます。　　　　　（　　　）

4. 前菜の次にお刺身を食べます。　　　　　　　（　　　）

5. 吸い物には野菜が入っていません。　　　　　（　　　）

6. 焼き物は魚の塩焼きか照り焼きです。　　　　（　　　）

7. 煮物は牛肉や豚肉です。　　　　　　　　　　（　　　）

8. 料理の後にデザートが出ます。　　　　　　　（　　　）

9. 揚げ物は野菜と魚だけです。　　　　　　　　（　　　）

10. 日本料理は味が少し薄いです。　　　　　　　（　　　）

ワンポイント講座24

　「ようです」，表示樣態，也表示推量。名詞的場合，用
「の」。

名詞	の	ようです
な形容詞	な	ようです
い形容詞		ようです
動詞普通體		ようです

練習しましょう

　例．昨日台北へ（　行ったようです　）。

1．これは李さんの（　　　　　　　　）。

2．湯さんは日本へ（　　　　　　　　）。

3．タバコは健康に（　　　　　　　　）。

4．新幹線は（　　　　　　　　）。

5．彼は釣りが（　　　　　　　　）。

6．張さんのお父さんはいい（　　　　　　　　）。

7．彼の恋人は（　　　　　　　　）。

8．サイフを（　　　　　　　　）。

9．今日はとても（　　　　　　　　）。

10．劉さんのパソコンはやっと（　　　　　　　　）。

調子がいいです　忘れます　きれいです　直りました　本

留学したいです　好きです　よくないです　快適です　人

156

　２月１４日はバレンタイ・デーです。バレンタイン・デーには、女性が好きな男性にチョコレートをあげます。女性からチョコレートをもらったら、男性はとても喜びます。でも、何ももらえなかったら、男性はかわいそうです。そういう時、友だちの女性や会社の同僚がチョコレートをあげます。これを「義理チョコ」と言います。女性が本当に好きな男性にあげる時は、「本命チョコ」と言います。

　３月１４日はホワイト・デーです。ホワイト・デーは、女性にチョコレートをもらった男性が、お礼にプレゼントをあげる日です。ホワイト・チョコレートを贈ることが多いですが、そのほか、クッキーや縫いぐるみ、ハンカチなどを贈ります。その後、二人で食事をしたり、ショッピングをしたり、映画を見たりします。

　バレンタイン・デーはヨーロッパから来た習慣ですが、日本以外では男性が女性にプレゼントを贈ることが多いそうです。ヨーロッパではチョコレートだけではなく、宝石

や、高級なネックレスや、バッグなどを贈ることもあるそうです。ホワイト・デーは日本で始まった習慣ですから、ヨーロッパにはありません。でも、これから広まるかもしれません。

　バレンタイン・デーやホワイト・デーが近づくと、いろいろな商品が売り出されます。「バレンタイン・ギフト」、「ホワイトデー・ギフト」と言います。でも、日本ではそれほど高価な物は贈りません。

　日本では幼稚園や小学校でも、女の子は男の子にチョコレートをあげます。でも、男の子はあまりお返しをしないので、母親が男の子にチョコレートやキャンディを持たせたり、自分で女の子にお返しをしたりするそうです。男の子は女の子にお返しをするのが恥ずかしいのです。

生　詞

①	バレンタイン・デー	情人節
②	ホワイト・デー	白色情人節
③	チョコレート	巧克力
④	喜びます[自動Ⅰ]	高興
⑤	かわいそう[な形]	可憐
⑥	同僚	同事
⑦	義理	情義、禮節、人情、正義
⑧	本命	真命
⑨	お礼	感謝、致謝
⑩	クッキー	小餅乾
⑪	縫いぐるみ	布偶
⑫	宝石	寶石
⑬	高級[な形]	高級
⑭	ネックレス	項錬
⑮	バッグ	皮包、提包
⑯	広まります[自動Ⅰ]	擴大
⑰	近づく[自動Ⅰ]	接近、靠近
⑱	高価[な形]	高價
⑲	お返し	答禮
	〜にお返しをします	向〜回贈
⑳	〜そうです	據說
㉑	恥ずかしい[い形]	不好意思

文 法 說 明

　　表示假定時用「たら」「なら」。相反時用「ても」。「たら」是接「た形」，「なら」是接普通體，「ても」是接「て形」。亦可用於「い形容詞」或「な形容詞」。名詞時是「名詞＋だったら」、「名詞＋なら」、「名詞＋でも」。

> た形＋ら　　　　實際實行了的話
>
> 普通體＋なら　　如是那樣的事話
>
> て形＋も　　　　即使～，也

日本へ行ったら、これを持って行きます。　　×

日本へ行くなら、これを持って行きます。　　○

日本へ行っても、秋葉原には行きません。　　○

ここは駅から遠くても、便利です。　　○

ここは便利でも、駅から遠いです。　　○

台風だったら、出かけません。　　○

台風なら、出かけません。　　○

台風でも、出かけます。　　○

日本語で書きましょう。

「たら」、「なら」、「ても」の内、１つを選んで文を完成してください。

1．富士山に登ります・疲れました

　　→ _____。

2．雨・遊びに行きます

　　→ _____。

3．映画を見に行きます・チケットをあげます

　　→ _____。

4．新幹線に乗ります・予約しなければなりません

　　→ _____。

5．地震が起きます・このビルは倒れません

　　→ _____。

6．たくさん食べます・太りました

　　→ _____。

7．お酒を飲みます・運転してはいけません

　　→ _____。

8．彼が来ます・みんな帰りました。

　　→ _____。

9．旅行します・台湾がいいです

　　→ _____。

10．病気・会社へ行きます

　　→ _____。

日本語で答えましょう。

1. バレンタイン・デーは何月何日ですか。

   → _____。

2. その日、誰が誰に何をあげますか。

   → _____。

3. 何ももらえなかった男性をどう思いますか。

   → _____。

4. 義理チョコとは何ですか。

   → _____。

5. 本命チョコとは何ですか。

   → _____。

6. ホワイト・デーはどんな日ですか。

   → _____。

7. ホワイト・デーに日本人は何をあげますか。

   → _____。

8. ヨーロッパ人は何をあげますか。

   → _____。

9. ホワイト・デー商品は何と言いますか。

   → _____。

10. 日本の小学校では、男の子がお返しをしますか。

    → _____。

どちらですか？

1. 男性が女性にハンカチを（ⓐあげ　ⓑもらい）ます。

2. お礼（ⓐで　ⓑに）プレゼントをあげます。

3. 男性が何ももらえ（ⓐない　ⓑなかったら）時、かわいそうです。

4. いろいろな商品が売り（ⓐ出され　ⓑ出て）ます。

5. バレンタイン・デーは毎年（ⓐ同じです　ⓑ違います）。

6. 本当（ⓐに　b．は）好きな男性にあげます。

7. プレゼントを贈ることが（ⓐ多い　ⓑ多）そうです。

8. バッグを贈ることも（ⓐある　ⓑあり）そうです。

9. 日本では母親が男の子にお返し（ⓐします　ⓑさせます）。

10. 高価（ⓐな　ⓑの）物をもらいました。

正しいですか？

1. 来年のバレンタイン・デーは２月１４日です。　　（　　　）

2. ホワイト・デーにはチョコレートを贈ります。　　（　　　）

3. 何ももらえない男性には、友だちがあげます。　　（　　　）

4. バレンタイン・デーは日本の習慣ではありません。（　　　）

5. ホワイト・デーはヨーロッパにはない習慣です。　（　　　）

6. 日本以外では、バレンタイン・デーに男性が
女性にいろいろなものを贈ります。　　　　　　　（　　　）

7. 日本では、ホワイト・デーに高価なものを贈ります。（　　　）

8. 日本の幼稚園にもホワイト・デーの習慣があります。（　　　）

9. 日本の小学校には、お返しをしない小学生もいます。（　　　）

10. バレンタイン・ギフトは少し高いです。　　　　　（　　　）

ワンポイント講座25

　「是非」跟「必ず」的中文的意思都是「一定」，但日語的用法有少許不同。「是非」伴有願望・要求等表現。沒有這些表現時則使用「必ず」。「必ず」與「きっと」意思和用法都一樣。

是非　　→　　願望・要求
ぜ ひ

必ず　　→　　意志・確実な予想
かなら

練習しましょう

　「是非」か「必ず」か、書いてください。どちらも使えない時は「×」を書いてください。

1. 私は（　　　　　）日本へ行きたいです。
2. （　　　　　）大学へ行きます。
3. 彼は（　　　　　）試験に合格するだろう。
4. 私は（　　　　　）旅行に参加したいです。
5. 彼は（　　　　　）リンゴが好きです。
6. この自動車は（　　　　　）故障します。
7. （　　　　　）私の作った料理を食べてください。
8. あなたに（　　　　　）見てほしいです。
9. 明日は（　　　　　）出かけます。
10. この次は（　　　　　）私の家へ来てください。

課文中譯

第一課 打招呼

佐藤：您好。您是徐德明先生嗎？

徐　：是的，我是徐德明。從台北來的。您是佐藤小姐嗎？

佐藤：是的，我是東京日本語學園的佐藤惠。徐先生，歡迎您。

徐　：您好，初次見面，請多指教。

佐藤：您好，請多指教。

徐　：佐藤小姐是東京日本語學園的老師嗎？

佐藤：不是的。我不是老師。我是行政人員。

徐　：喔，是嗎。

第二課 這是什麼

張：劉小姐，這是什麼？

劉：這是雜誌。電腦雜誌。

張：是誰的雜誌呢？

劉：是我的。

張：是台灣的雜誌嗎？

劉：是的，沒錯。

張：那個照相機是你的嗎？

劉：是的，是我的。這是日本製的數位相機。

張：那是手機，還是iPod呢？

劉：那不是iPod。是手機。是台灣的手機。張先生的數位相機是

日本製的嗎？

張：不是，這是台灣製的數位相機。但不是我的。是關先生的。

第三課 多少錢

陳　：您好，請問電腦賣場在哪裡？

受付：電腦賣場在七樓。電梯在右手邊。

陳　：謝謝。

店員：歡迎光臨。

陳　：這台電腦要多少錢呢？

店員：是的，這台電腦是十六萬八千元日幣。

陳　：那，這個軟體要多少錢呢？

店員：那軟體是九千八百元日幣。

陳　：那，這個DVD播放器和MP3要多少錢呢？

店員：DVD播放器是三萬三千元日幣。MP3是一萬兩千六百元日幣。MP3是1GB。這邊的MP4是一萬八千三百元日幣。

陳　：那，我要這個軟體和電腦。我要刷卡，可以嗎？還是要付現呢？

店員：是的，可以刷卡。

陳　：那麼，請刷這張卡。

店員：謝謝您。

第四課　是從幾點到幾點呢？

林　：川島小姐，日本的百貨公司
　　　是幾點到幾點呢？

川島：早上十點到晚上八點。

林　：台灣的百貨公司是從早上十
　　　一點開始。那，銀行呢？

川島：銀行是從九點到三點。週六
　　　日休息。

林　：百貨公司也休息嗎？

川島：不是的，百貨公司的休息是
　　　星期二或是星期三。

林　：學校又是如何呢？

川島：學校是從週一到週五。週六
　　　日休息。但是，昨天休息。
　　　明天也休息。

林　：爲什麼？

川島：昨天是節日。明天因爲是校
　　　慶。

林　：喔，是嗎。

第五課　週六去京都

老師：下週要去哪兒呢？

謝　：週六先去京都。然後，坐快
　　　車去神戶。

老師：和誰去呢？

謝　：和朋友一起去。

老師：坐什麼去呢？

謝　：坐高鐵。早上七點的高鐵。
　　　週六的早上要五點起床。

老師：何時回來？

謝　：星期一的早上回來。早上九
　　　點的高鐵。

老師：不錯耶。不過，有些趕耶。

謝　：是的。我會買老師的名產回
　　　來。

老師：謝謝。

謝　：不客氣。

第六課　我的一天

　　今天是星期一，我每天8點半
去學校，學校上課從星期一到星期
五。我從家裏坐公車去學校，9點
開始上日語課，老師是日本人，我
們學習平假名，然後寫片假名。

　　中午在學校吃午飯，喝茶，接
著的課從下午1點10分開始，老師
是臺灣人，我們讀英文書，學校到
5點爲止，我6點回家，7點和家
人一起吃晚飯，之後看電視，10點
起在房間做作業，晚上12點睡覺，
明天早上7點起床。

第七課　哪裡都沒去

　　今天是星期天，但是從早上一
直在下雨，我哪裡都沒去，在家裏
看電視，然後和弟弟玩電動玩具，
12點吃中飯，接著打電話給朋友，
朋友不在家，去百貨公司買東西。

　　過了中午，和父母親、弟弟看
DVD，但是姐姐沒看，在房間讀英

語，姐姐是高中的英語老師，我有時向姐姐學英語。

傍晚，看電視新聞節目，7點左右大家一起吃晚飯，然後我在房間看書，之後上網，發電子郵件給朋友。

第八課　鈴木的生日

昨天是鈴木的生日，很多朋友來，我們向鈴木說「生日快樂」，接著送他（她）禮物，我送CD，SMAP的CD，山田送筆，派克原子筆，田中送電影票，非常有趣的電影，是美國電影，鈴木從他（她）父親那裡得到手錶。

鈴木則送我們電話卡，是用鈴木的照片做的50度電話卡，我們一起吃蛋糕，接著唱歌，吃好吃的菜，壽司及一些炸的東西，大家一起玩電動玩具，真的很快樂。

最後，晚上10點左右回家。

第九課　日本的都市

東京是很大的都市，非常的熱鬧，有許多高樓大廈，人非常的多，有東京鐵塔和國會議事堂，台場也很有名。但是迪士尼樂園和成田機場不是在東京而是在千葉縣。

橫濱是港都，外國人很多，外國的東西也很多，有山下公園和橫濱海洋塔，也有很大的中華街，中國菜很有名，是個非常有趣的都市。

京都是個閒靜的都市，非常有名，有許多古老的寺廟，也有山，日本菜很好吃，春天時櫻花很漂亮。

大阪是個非常熱鬧的都市，有大阪城和通天閣，舉行過日本首次的萬國博覽會，有許多食物很好吃，章魚燒和大阪燒很有名。

第十課　朋友喜歡唱KTV

我喜歡唱歌，常常去車站前的KTV，總是和朋友一起唱歌，朋友有麥克和小李，2個人都喜歡唱KTV。

麥克是美國人，但是會漢字，很會唱日文歌。小李是台灣人，喜歡唱台灣歌。我不太會做菜，但小李很會做台菜，拿手的是米粉和台式炒青菜，也會做日本菜，我有時向小李學台菜。麥克不會做菜，早上總是在家吃三明治，中午在餐廳吃飯，麥克喜歡吃台菜，也喜歡吃日本菜，也吃生魚片，但是討厭山葵（哇沙比）。我喜歡吃台菜，也喜歡吃日本菜，但是不喜歡臭豆腐和香菜。

第十一課　我家在池袋

我的房間在一棟公寓的2樓。房間裏有各式各樣的東西，有電

視、冰箱。我經常看電視新聞。桌上有電腦。窗子的附近有1張床，房間的中央有桌子和椅子。

我家在池袋，池袋是一個很大的城市，非常熱鬧。我家附近有超商、銀行，隔壁是公園。公園前有書店，我有時後會去那家書店買新的雜誌。

我常常騎自行車到超市買東西。超市很方便，裏面有很多商店，有咖啡廳也有餐廳。我今天在超市買了疏菜、蛋和魚。晚上要在家裏做菜。我有時會到附近的中華料理店吃拉麵。我每天打工總是很忙。

第十二課　我家有五個人

我家有5個人，父母之外有1個哥哥和1個弟弟。爸爸是公司職員，有點嚴格。媽媽是家庭主婦，很溫柔。哥哥是銀行職員，很認真。弟弟還是高中生。我們一家感情很好。

我們有時全家去旅行。今年的寒假我們去了北海道，北海道非常冷，但食物很好吃。我們在札幌吃了拉麵，還看了雪祭。在旭川吃了螃蟹、生魚片之後，我們去了稚內。稚內位於北海道的最北邊。我們在那裡看了鄂霍次克海的流冰。鄂霍次克海很美。旅行非常愉快。

第十三課　日本的四季

日本的冬天從12月到2月。冬天非常冷，每年下雪。2月是最冷的時候。1月1號是日本的新年，很多人在過年時返鄉。

春天從3月到5月。春天很溫暖，會綻放各式各樣的花。4月櫻花開，這時間會舉行開學典禮與新進社員的入社典禮。5月開始是梅雨季節。梅雨季節裡下很多雨，之後開始漸漸變熱。

夏天是6月到8月。夏天非常熱，每年都有颱風。暑假的時候，很多人會去海裡或河裡游泳。還有，也有很多人到國外旅行。

秋天是9月到11月。秋天很涼爽，食物非常好吃。新學期從9月開始。11月學校會舉行文化祭與運動會。

第十四課　我想買電腦

學校5點下課。我從6點到11點在超商打工。雖然不是每天打工，但非常忙。

昨天領到薪水了。我的電腦很舊，想買一台新的。還有，也想要日語的電子字典。今天我到秋葉原去買。那裡有很多IT相關商品，也有很多電腦、無線對講機的零件。我逛了各式各樣的店，裡面有很多

遊戲機。我不想買遊戲機。裡面也有iPod。我想要iPod但是很貴，因此我沒買。我買了最新的電腦和一台很好的電子字典。很便宜所以我很開心。

之後我累了，有點想休息，最後我進入一家咖啡廳，喝了一杯咖啡。

第十五課　請快一點

各位同學，現在是出發的時間，已經準備好了嗎？請快一點，巴士以經在等了喔！搭乘巴士時請排隊。啊！鈴木同學怎麼了？行李很重嗎？我來幫你吧！沒問題嗎？那大家出發吧！

在巴士裡不可以喧嘩，請保持安靜。箱根是個好地方，空氣很新鮮喔！現在正是箱根的觀光季，有很多國外來的觀光客。飯店裡有很大的庭院正開著美麗的花。外面還有露天浴池喔！

第一天請在飯店好好地休息，第二天去看附近的湖光山色。上午為自由時間，下午去蘆之湖搭海盜船。第三天去強羅公園、雕刻之森美術館。晚上在飯店中庭烤肉。

請各位好好的玩，為中學生活留下最後美好的回憶。

第十六課　拒吸二手煙運動

在日本，吸煙人口很多。年輕女性也吸煙。但是，大約十年前左右，拒吸二手煙運動開始興起。拒吸二手煙運動人士主張吸煙有礙健康。目前，新幹線車廂內以及飛機機艙內，禁止吸煙。也就是說全面禁止吸菸。有的餐廳也禁止吸菸。

車站或建築物裡面，設有小小的吸煙室。在吸煙室內，可以吸菸，吸煙室以外的區域則禁止吸煙。可是，在上下班的交通顛峰時間，吸煙室也是禁止吸煙。

邊走邊吸煙，也是不行。路上亂丟煙蒂，訂有2萬圓日幣以下的罰則。因此，也些喜愛吸煙的人士，隨身帶著攜帶式的煙灰缸。

即使如此，日本吸煙人口還是很多。

第十七課　到醫院

我從今天早上開始頭痛，向學校請假到醫院求診。醫院在我家的附近，我步行到醫院。

在醫院掛號櫃檯出示健保證，並於診察表上填寫名字。櫃檯人員叫到我的名字，我就進入診間。我一坐好，醫生問說：「你怎麼了？」，我回答說：「從今天早上開始頭痛。」。接著，醫生要

我張開嘴巴，接著問說：「喉嚨也痛嗎。肚子覺得怎樣？」，我說：「喉嚨是有點痛，但是肚子不痛。」。然後，體溫計顯示我的體溫37.5度，有點發燒。

最後，醫生說：「不要擔心，只是小感冒而已」，接著說：「今天在家好好休息，不要洗澡。給你三天份的藥，一天三次飯後服用」。我向醫生道謝，醫生叮嚀要我保重。

第十八課　你養過寵物嗎

你養過寵物嗎？我家現在養著二隻小狗。一隻是大白狗，另一隻則是黑白相間的小狗。大狗的名字是「GON」，小狗的名字是「KORO」。

我一說「坐下」，GON就馬上坐下，我伸出手掌說「手手」，GON立刻把它的前腳放在我的手上。此外，GON還會其他各式各樣的技能表演。我一說「轉圈圈」，GON就一直轉圓圈圈。

KORO因為還小，所以還不會技能表演。但是，它非常的可愛。我一回到家，它就汪汪大叫跑到我的身旁。我非常喜歡KORO。

GON和KORO的感情很好，兩隻總是一起睡在它們的狗屋。有時候我會帶著它們去散散步或是買買東西。

如果養有寵物，家中氣氛會非常和樂融融。

第十九課　網際網路時代

當前已是網際網路（Internet；以下簡稱「網路」）時代。利用網路可以檢索各式各樣的情報。也可下載遊戲或是免費軟體，安裝到自己的電腦上。也有很多人製作自己的專屬網頁或是部落格。利用網路搜尋網頁到處閒逛稱為「上網」。有些人整天上網而不外出。

BBS也是廣受歡迎。特別是名為「2channel」的大型BBS站，一次超過300萬人以上同時利用。所謂「2channeler」是指經常至此一BBS站的使用者。在BBS上發表個人意見，稱為「貼文」。在這裡有各式各樣的人發表各種不同的意見。當然，也有很多壞話流傳或是惡意中傷……。

現在利用網路也可學習外語。在名為「Pod Casting」的網頁上，可以學習日語、英語以及中文。除了JapanesePod、EnglishPod、ChinesePod以外，EslPod、CslPod等等也很有名。因為是配合iPod的語言學習MP3，所以在語尾上都加上Pod這個詞彙。如在iTunes上預約新

的上課課程，將會自動下載完成安裝。

但是，令人感到害怕的是電腦病毒。除了電子郵件E-mail可能內含病毒外，單僅打開網頁也可能會導致電腦中毒。因此，電腦大都安裝有防毒軟體。然而，因為正版防毒軟體多有使用期限，一旦使用期限屆滿，有些人則改用網路上免費或是試用版的防毒軟體。另外，也有些人運用技巧破解防毒軟體的程式，一直使用有使用期限的防毒軟體。

此外，有所謂的間諜程式。所謂間諜程式是指會盜取電腦中資料的軟體。間諜程式不同於電腦病毒，所以一般的防毒軟體無法偵測也無法驅毒。可是，現在新的防毒軟體，對於電腦病毒以及間諜程式，均有因應解決方法。

第二十課　東京的街市

你曾到過東京嗎？東京是日本的首都，人口1250萬以上。 但是，因為房租昂貴，很多人選擇住在鄰近的埼玉縣和千葉縣，通勤至東京都內上下班。以前，東京名為「江戶」。所以，從很久以前開始住在東京的人有「江戶子」之稱。

銀座是東京最有名的街市，位於有樂町車站。在這裡，有很多販售名貴商品的商店，知名的料理店以及高級百貨公司。而歌舞伎座坐落於東銀座。歌舞伎在這裡上演。

新宿是東京最繁華的街市。高樓大廈林立，並有很多的百貨公司以及娛樂設施。週末人潮聚集。晚上常見上班族喝酒聚會、戀愛男女相約談情的景象。

原宿則是流行的發信地。從原宿車站到表參道這個區域，販售流行商品的服飾商店比鄰而立，另有古董美術品商店參雜其中。

澀谷則為年輕人的景點。澀谷車站前有「忠犬八公」的銅像。學生們多於放學後相約於此，逛逛街市或是欣賞電影。

秋葉原為電器街。這裡販售的商品不僅是電腦，還有各式各樣的電器用品。另外，在這裡也可買到你所想要電器零件。

上野有動物園以及AME屋橫丁。AME屋橫丁另名「AME橫」。在這裡，販售個式各樣便宜廉價的食物、服飾等各種用品。

淺草是下町。可搭地鐵到此。這裡保有古老建物文化資產，在淺草寺的雷門高掛書有雷字的大燈籠。

築地是世界最大的魚市。全世界的魚類均聚集於此。但是，只有料理店的經營業者才能進入採購。

一般人只能於其外面的場外市場購買。這裡的魚又便宜又新鮮。

東京是非常便利的地方。各位不想到東京逛逛嗎？

第二十一課　卡通的登場人物

日本的卡通很有名，現今在世界各地均播放著日本卡通，即使在歐洲也廣受歡迎。

日本真正的卡通是從手塚治虫的「鐵腕小金剛」及橫山光輝的「鐵人28號」開始的。手塚治虫成立了大量製作卡通的「虫製作公司」。長谷川町子的「蝶螺小姐」非常有名，該卡通描繪有趣的老百姓生活。此外，赤塚不二夫的「元祖天才笨老爹」亦非常有人氣。

接著也播放「宇宙戰艦大和號」、「機動戰士高達」、「新世紀福音戰士」等SF戰鬥卡通；此外MONKEY Punch所著的大快人心的冒險卡通「魯邦三世」亦招來人氣。

在電影卡通方面，宮崎駿陸陸續續推出「風之谷」、「龍貓豆豆龍」、「神隱少女」等暢銷作品。電視卡通方面則有鳥山明的「七龍珠」、藤子不二雄的「多啦A夢」、櫻桃子的「櫻桃小丸子」、田尻智的「寵物小精靈」等作品。

為什麼日本的卡通如此有人氣呢？問卷結果顯示「富創造力」、「具夢想的故事情節」、「纖細的圖畫」等理由。但非僅有如此，日本卡通的魅力畢竟在於登場人物實具有魅力。

現在是資訊化社會，資訊化社會也可說是「視覺化時代」；卡通登場人物將內部複雜的個性以單純方式顯現表面，也就是說卡通的登場人物單純且外型佳，符合「簡潔即美麗」的社會要求。故此，登場人物的商品在世界中大賣，形成廣大的市場。

卡通登場人物具有超越言語、國境、世代的力量，大家認為如何呢？

第二十二課　日本的拉麵

在日本壽司有人氣，但拉麵同樣具有人氣，它被稱為「國民食物」。拉麵來自中國，但日本與中國的拉麵是不一樣的。至今為止，日本從國外吸收採取各種文化，進入日本後將其改為日本式，拉麵即是其中的一種。

日本狹窄但因南北長，故氣候水土呈現多樣，各地有各種的拉麵。特別是札幌的味噌拉麵、旭川的鹽拉麵、東京的醬油拉麵、博多的豬骨拉麵等非常有名；除此之外亦有咖哩飯、中華冷麵等。日本陸

陸續續開發新的拉麵，店家亦創新獨特的拉麵。

也有很多的速食麵；世界上最早研發速食麵的是台灣系日本人的安藤百福；研發的速食麵謂之「雞汁泡麵」。現今，速食麵每年以160億數量生產，110億輸出海外。

放到拉麵的東西稱「具（配料）」；有各種配料，經常使用的有豬肉做的叉燒、筍乾、蔥花、水煮蛋、海苔、鳴門卷（魚漿卷）等。這些配料漂亮地放置麵上展現出來。

日本人吃拉麵時，為了增加食慾，首先先聞香味，再來品嚐湯汁；在口中確認湯汁的味美及味道的餘味。此時，也有人加入胡椒，調整味道後再行食用。吃麵時重視麵的味道及嚼頭，這嚼頭稱為「腰」，日本人喜歡咬勁較好的麵，吃麵時速度有些快，若慢慢吃麵則變軟，會不美味。吃麵中為了變化味道即吃配料，似乎水煮蛋最後吃的人較多。喜歡拉麵的人會把湯汁全部喝光，一點都不剩；只有全部吃完才會滿足，這是所謂拉麵通的吃法。

第二十三課　一年的活動儀式

日本的曆法是新曆；明治時代前是舊曆，但到了明治則換成新曆，但古時的習慣依舊保持著。

1月1日是正月，到正月時，大家到神社廟宇參拜，感謝去年，祈求今年平安的一年。

到了1月11日開始吃供神的年糕；「鏡開」即正月時將供奉的圓形年糕煮粥食用的活動儀式。

成人節為1月的第2個星期日，該天有成人儀式；在日本每年約有140萬人迎接成為成人。出席成人儀式時，女性著盛裝出席，並拍攝紀念照片。

2月11日是日本的國慶日，當天裝飾國旗。

3月3日為女兒節，此為來自中國的習慣；女兒節為女孩的節日，裝飾著人偶娃娃以示慶祝。

4月末至5月初，有一星期左右的連假，稱之「黃金週」；此時間海外旅行的人很多。

5月5日是端午節，此習慣亦來自中國。日本的男孩節亦稱「子供節」，在當天升鯉魚旗。

6月的第三個星期日是父親節；送父親領帶、領帶夾、皮帶的人很多。

舊曆7月15日是盂蘭盆會；盂

蘭盆會時，多數的人回鄉祭祖掃墓；傍晚在神廟院落舉行盂蘭盆會舞。

12月25日是聖誕節；聖誕節裡大家吃聖誕蛋糕，從事很多活動嬉戲；由於外面寒冷，故不太外出，均在家中度過。

每年12月31日是除夕；除夕當日看完電視的紅白歌會後，聽除夕的鐘聲吃除夕蕎麥，家族成員迎接新年到來。

第二十四課　請客吃會席料理

今天田中先生請我吃日本料理中的「會席料理」；從田中先生那裡學到日本料理的相關事情。日本料理店稱為「割烹（烹調餐館）」、「料亭（日式餐廳）」。「割烹（烹調餐館）」即客人坐在櫃檯前，可以看到做料理的模樣。「料亭（日式餐廳）」為客人在個室內品嚐料理。做料理的人稱為「板前（廚師）」，廚師中最屬害者稱「花板（廚師長）」。

雖「懷石料理」成了宴會的合菜料理，但也是「會席料理」。懷石料理為茶會時，喝茶前所品嚐的料理；會席料理則在宴會裡為了享用酒而衍生的料理。故此，懷石料理最初是飯先出，會席料理則前菜先上。

前菜也叫輕料理，再來是日式清湯上場；日式清湯內放白肉魚、青菜、磨菇。再來出菜的是「刺身」（生魚片）。但結婚典禮時不稱「刺身」，而叫「お造り」。據說「刺」此字有不好的意義。

接下來烤菜類上菜，大多是魚的鹽燒、照燒，有時也出牛肉。再來是煮及炸的菜餚，煮物涵蓋海及山的素材；炸物則將食材原封不動下去炸（稱素炸），也有裹上麵粉或太白粉下去炸的中國式炸雞，以蔬菜及魚居多。

蒸的菜餚則為茶碗蒸（蒸蛋）或土瓶蒸（陶壺燉的菜餚）；接著醋拌涼菜上場，是為了飯前調整味覺所排的順序。

最後上米飯、味噌湯、醬菜，這樣就料理結束。食用完畢將桌上收拾乾淨後，甜點上水果子（含水性較高的甜點，如果凍、羊羹等），有時也出水果。

日本料理依照季節使用各種食材。在海邊採到的食材叫「海之幸」（海產），在山邊擷取到的謂之「山之幸」（山產），雞蛋等在庭院拿到的食材則叫「庭院之幸」。一個個的料理雖味道淡，但非常精練。還想再品嚐享用。

第二十五課
情人節與白色情人節

2月14日是情人節。情人節是女性送給喜歡的男性巧克力。從女生那兒得到巧克力，男生非常高興。但若什麼都沒有得時，男生則非常可憐。於是乎，女性朋友或公司的同事就送巧克力，這個稱爲「義理巧克力」。女性給眞正喜歡的男性時則稱叫「眞命巧克力」。

3月14日是白色情人節。白色情人節是拿到女生巧克力的男生，回禮的日子。很多是贈送白色巧克力，此外亦送餅乾、布偶、手帕等。之後，兩人吃飯、購物、看電影。

情人節是源自歐洲的習慣；日本外的國家似乎是男性送予女性禮物較多。在歐洲並非只有送巧克力，也送寶石、高級項鍊、包包等。白色情人節是源自日本的習慣，歐洲則無，但也許爾後會擴展開來也說不定。

接近情人節、白色情人節時販賣著各式各樣的商品，稱爲「情人節禮物」、「白色情人節禮物」；但是在日本並不送如此高價的東西。

日本即使在幼稚園、小學，女孩也送男孩巧克力；但男孩不太答禮，所以母親讓男孩帶巧克力、糖果，自己回贈予女生。男孩不太好意思，羞於回禮給女孩。

國家圖書館出版品預行編目資料

最新日語初級讀解 / 開南大學應用日語學系教
材研究開發小組主編. — 初版. — 臺北市：
鴻儒堂，民97.06
　　面　；　公分

　ISBN 978-957-8357-90-7(平裝附光碟片)

　1. 日語　2. 讀本

803.18　　　　　　　　　　　97007915

最新日語初級讀解

定價：300元

本書附CD，不分售

2008年（民97年）6月初版一刷
本出版社經行政院新聞局核准登記
登記證字號：局版臺業字1292號

監　修：余　金　龍
主　編：開南大學應用日語學系教材研究開發小組
發行所：鴻儒堂出版社
發行人：黃　成　業
地　址：台北市中正區10047開封街一段19號2樓
電　話：02-2311-3810・02-2311-3823
傳　真：02-2361-2334
郵政劃撥：01553001
E-mail：hjt903@ms25.hinet.net

本書凡有缺頁、倒裝者，請向本社調換

鴻儒堂出版社設有網頁，歡迎多加利用
網址：http://www.hjtbook.com.tw